우리는 탱고다.
스텝이 엉키면 그 순간
탱고가 시작된다.
　　　　　-안 재홍

우리는 우리다
　　-옹성우-

우리는 아르헨티나에
잠깐 들른 `바람`이다.
　　- 강하늘 ♥

트래블러
아르헨티나

JTBC 트래블러 지음

orangeD

Contents

부에노스아이레스 *chapter 1*

푸에르토 이과수 *chapter 2*

파타고니아

엘 칼라파테 *chapter 3*

USHUAIA
422

우수아이아   *chapter 5*

EL CHALTÉN
324

엘 찰텐   *chapter 4*

이것은 시간이 뒤집히고 계절이 거꾸로 흐르는 나라의 이야기.
오래전, 신의 손길이 유독 오래 머물렀다며
뭇사람의 질투를 산 땅이 있었다.
언제든 무지개를 띄우는 북쪽의 이과수폭포는
대지의 갈라진 틈으로 물줄기를 토해냈다.
그 풍요로운 물이 스민 땅은 신선한 와인과 고기를 선물했고,
사람들이 모여 하나로 맞댄 가슴과 네 개의 다리로 추는 춤,
탱고를 췄다.

포근한 북쪽을 지나 차가운 남쪽으로 내려오면
안데스산맥을 척추로 둔 파타고니아가 펼쳐졌다.
높은 산을 겨우 넘어온 바람은 매섭게 내달렸고,
하늘 아래로 바람 소리만 가득했다.
일 년 내 지지 않는 은빛 봉우리 옆으로 만년설이 날리는 가운데
수만 년이 박제된 빙하가 끊임없이 자라나고
또 신음하며 사라졌다.

날이 지나도록 기다란 길 너머 남쪽 바다엔 세상의 끝이 있었고,
그 끝에 다다른 동물들은 끈질기게 체온을 나눴다.

이 거대한 이야기는 하나의 땅에서 태어나 지금도 쓰이고 있다.

입 끝에 맴도는 단어가 초라해
차마 꺼내지 못하는 동안 마음에 바람이 이는 곳.

척박하지만 넉넉하고, 거칠지만 풍만한
자연의 시간을 간직한, 지구 반대편 가장 먼 땅.
이곳은 시간이 뒤집히고
계절이 거꾸로 흐르는 나라, 아르헨티나.

우리는 떠나지 않을 이유를 찾을 수 없었다.

지구 반대편 거대한 이야기

대한민국에서 딱 지구 반 바퀴 멀리, 남아메리카 대륙 남쪽에 있는 아르헨티나. 우리와 대척점에 있어 12시간 차이로 흘러간다. 세계에서 무려 여덟 번째로 큰 나라지만, 인구는 약 4,500만 명으로 우리나라보다 적다. 그 때문에 도시에서 조금만 벗어나도 인적 드문 대지가 끝도 없이 펼쳐진다. 그런데도 이 거대한 땅에는 먹거리가 넉넉해 특유의 윤기가 흐른다.

어느 정도냐 하면, "신이 밤사이 뿌려놓은 것을 인간이 아침에 거두기만 하면 된다"는 표현이 있을 정도다. 아이들의 맑은 표정과 동물들의 순한 마음은 어쩌면 당연한 일이겠다.

겨울을 지나 꽁꽁 얼어붙은 땅도 푸르러진다는 12월에서 2월이면 아르헨티나는 여행하기 좋은 시기가 된다.

딱 이때에 맞춰 뭉친 우리! 하지만 좋은 때를 우리만 알 리가 없지. 분명 다른 여행자들도 한껏 몰릴 테니 혹 낭패 보는 일 없도록 미리 일정을 세웠다.

계획은 이렇다. 일단 아르헨티나의 수도, 부에노스아이레스에서 여행을 시작해 푸에르토 이과수를 거쳐, 남쪽 파타고니아로 향한다. 대륙의 최남단 도시 우수아이아에 닿으면, 그 너머 세상의 끝에 있다는 등대까지 가는 것이다. 그야말로 아르헨티나의 머리부터 발끝까지, 2주간 3,500킬로미터에 달하는 어마어마한 길에 올라 대자연에 온몸을 부대낄 것이다.

인천에서 비행기에 올라 꼬박 반나절을 지나서야 경유지인 프랑크푸르트에 도착했지만, 아직 반도 못 왔단다. 공항에서 잠시 숨통을 틔운 뒤, 첫 비행보다 더한 14시간을 비행기에서 보내고서야 창밖 멀리 부에노스아이레스를 볼 수 있었다. 한국을 떠난 지 30시간 만이다. 우리는 드디어, 지구 반대편 아르헨티나에 도착했다.

푸에르토 이과수

Argentina

부에노스아이레스

엘 찰텐

엘 칼라파테

우수아이아

BUENOS AIRES

아르헨티나의 수도이자 가장 큰 도시인 부에노스아이레스. '부에노스'는 좋은, '아이레스'는 공기라는 뜻이다. 즉 좋은 공기, 순한 바람이라는 이름을 가진 이 도시는 1년 내내 눈이 오지 않는 온화한 날씨를 자랑한다. '라틴 아메리카의 파리'라 불릴 만큼 낭만적인 이곳은 유럽에서 온 이민자들의 영향이 깊게 스며 있다. 건축과 미술은 물론 음식에까지, 유럽과 라틴 문화가 뒤섞여 지역마다 다양한 매력을 풍긴다. 에비타의 묘지가 있는 레콜레타, 예술가의 거리 산 텔모, 탱고의 고향 라 보카, 그리고 도시를 대표하는 건물들이 늘어선 미크로-센트로, 이 나라에서 가장 큰 도시답게 먹을 것도, 볼거리도, 구석구석에 담긴 이야기도 많다.

¡Hola, Argentina!

공항을 빠져나와 택시가 죽 늘어선 정류장으로 향했다.

" ¡Hola!"

처음으로 뱉은 이 나라 말은 택시 기사님께 건넨 인사다. 트렁크로
향하며 언뜻 스치는 기사님 표정이 심상치 않았지만 우선 배낭 세
개를 트렁크에 밀어넣었다.

그는 우리가 자리에 앉자마자 묻지도 따지지도 않고 한 곡조 걸쭉
하게 뽑아냈다. 이때 눈치챘어야 했다. 숙소로 향하는 이 길이 평범
하지 않을 것을.

아르헨티나 풍경을 가르며 달리는 시간, 시원하게 부는 바람 소리
사이로 시원하게 울리는 경적. 음? 경적? 빵-빵-빵-빵-빵-빵-빠앙~~~.
난데없이 허공을 향해 경적을 울린 기사님은 호탕하게 한마디 남
겼다.

"Welcome, Argentina. Hahahahahahahahah!"

어쩐 일인지 흥이 나도 잔뜩 나셨다. 그리고 다짜고짜 부르는 탱고 노래! 그것도 반주까지 틀어놓고 말이다. 어느새 우리는 택시를 탄 고객에서 폭발적인 퍼포먼스를 감상하는 관객이 돼버렸다. 운전보 다 노래에 심취한 것 같지만, 분명 먼 나라에서 온 여행자를 반겨주 는 것이겠지. 처음 만난 아르헨티나 사람의 뜨거운 환영에 오랜 비 행으로 쌓인 피곤이 싹 날아간다. 어쩐지, 시작부터 느낌이 좋다.

택시는 열심히 달려 아르헨티나의 영원한 영부인, 에비타가 반겨주 는 부에노스아이레스 시내에 들어섰다.

긴 이동 끝에 드디어 배낭도, 몸도 풀었다. 오벨리스코에서 딱 한 블록 거리에 있는 우리 숙소는 도시의 심장부에 있어 어디든 이동이 편하다. 숙소 근처에는 상점, 환전소 등 여행자들을 위한 각종 편의 시설이 한데 모여 있다고 한다. 우선 환전과 유심을 해결해야겠다. 공항에서 여기까지 오는 동안에도 온통 새로웠는데, 나가면 얼마나 더 재미있을까?

무거운 배낭을 내려두고 부에노스아이레스의 골목을 걸었다. 층마다 발코니가 달린 건물 사이로 뜻 모를 단어가 적힌 간판들이 우리를 스친다. 갑자기 모르는 세상에 뚝 떨어진 것 같은 오랜만에 느끼는 낯섦이 반갑다. 팔에 내려앉은 햇살마저 가벼운 봄날, 마냥 걷기만 해도 좋을 것 같다.

우리는 가까운 환전소를 찾아 가져온 여행 경비를 아르헨티나 페소로 환전하고, 각자 자유롭게 관리하기로 했다. 그리고 근처 선불유심 매장에서 이틀 동안 3기가 사용이 가능한 유심을 샀다. 스페인어가 익숙하지 않아 애를 먹었지만, 이렇게 조금씩 알아가는 것 또한 재미지!

photo by 옹성우

Photo by 옹성우

축구를 몰라도 어쨌든, 아르헨티나

현지 돈과 모바일 데이터, 필요했던 두 가지를 모두 준비했다. 다음으로 급한 건 텅텅 빈 배를 야무지게 채우기. 낯선 나라의 음식 먹기 또한 놓칠 수 없는 여행의 즐거움이다. 아르헨티나에서의 첫날, 대망의 첫 요리는 단박에 정해졌다. 우리가 하나같이 입을 모아 외친 건 이 나라의 대중 음식, 바로 피자다.

아르헨티나에는 유독 이탈리아 음식이 많은데, 이는 경제성장과 관련 있다. 때는 1850년대, 아르헨티나는 경제를 발전시키기 위해 교역과 이민의 문을 활짝 열었다. 이민자에게 음식과 숙소를 제공하고 구직을 지원할 정도로 적극적이던 이민정책은 온갖 유럽 국가의 이민자를 불러들였다. 거기에 냉동 기술의 발달로 유럽과의 교역이 활발해지면서 이민자 수는 가파르게 치솟았다. 마침 경제난을 겪던 이탈리아에서 더 많은 사람이, 더 나은 삶을 위해 아르헨티나를 찾았다. 우리가 알고 있는 유명 만화영화에도 이 역사가 담겨있다. 19세기 아르헨티나에 가사도우미로 취업한 엄마를 찾아 떠나는 이탈리아 소년의 이야기, 〈엄마 찾아 삼만리〉다. 남미 최대의

'이민자의 나라'가 된 아르헨티나는 현재 유럽인의 후손이 인구의 95퍼센트 이상을 차지한다. 이는 건축, 미술, 문학은 물론 생활 전반에 깊숙이 영향을 미쳤고, 그중 인구의 반을 훌쩍 넘는 이탈리아인은 음식에 전반적인 영향을 주었다.

떠나기 전 한국에서 찾아둔 피자 가게에 들어섰다. 쫄깃한 도우 위로 치즈가 줄줄 흘러넘쳐서 이과수폭포 피자라 부른다더니, 역시 이름난 식당이라 입구부터 사람들로 시끌벅적하다. 이층에 올라 자리를 잡고 메뉴판을 펼쳤는데, 이런… 피자 종류가 빽빽하다. 이럴 땐 몸으로 부딪쳐 쌓아온 빅 데이터, 촉을 세워야 한다. 주방장의 자부심과 함께 식당 이름을 붙인 피자와 맛없기 어려운 재료만 모아둔 베이컨 모차렐라 에그 피자를 골랐다. 여기에 칼칼한 목을 적셔줄 맥주까지 주문했다.

하늘   여기선 '건배'를 뭐라고 할까?

성우   옆 사람에게 물어볼까요?

옆 사람   Salud.

함께   살룻!

카~ 구수한 탄산이 목구멍을 밀며 쭉쭉 넘어간다. 오랜 시간 비행기에 앉아 있느라 무거웠던 몸이 방울방울 터지는 기포를 따라 점점 가벼워진다.

재홍   우린 공통점이 있어. 셋 다 축구를 안 좋아해.

하늘   어? 진짜?
       저는 구기 종목 자체를 안 즐겨요.

재홍   엇? 나도.

성우   오? 저도요!

하늘   아르헨티나에 간다고 하니까, 친구들이 그랬어요.
       축구도 모르는 애가 아르헨티나에서 뭘 하겠어.

성우   신기하다. 이렇게 나처럼 구기 종목을
       안 좋아하는 형들을 만나다니.

주문한 피자를 기다리다 뜻밖의 닮은 점을 발견했다. 지구 반대편, 축구선수 사진이 잔뜩 걸린 축구의 나라 식당 한쪽에 한국에서도 찾기 어려운 세 사람이 뭉쳤다. 싫어하는 게 같은 사람을 만났을 때 느껴지는 야릇한 반가움을 어떻게 설명할까. 남들과는 다른 취향을 함께 나눈 이 순간, 무언가 전우애 비슷한 것이 끈끈하게 생긴 듯하다. 우리가 축구는 몰라도 어쨌든, 아르헨티나를 마음껏 즐길 거다.

재홍 이런 피자는 처음 보는데?

하늘 와, 형. 잘 찾았다. 씹을 때마다 더 맛있어지는 것 같아.

성우 '맛있다'가 스페인어로 뭐지?

　　　… ¡ Es muy rico!

하늘 다른 음식은 얼마나 맛있을까? 너무 기대되는데.
　　　첫 음식이 이러니까.

넉넉하게 배를 채웠겠다, 이제 제대로 움직여볼까? 오늘은 아르헨티나가 자랑하는 탱고의 발상지, 라 보카를 둘러보고, 밤이 되면 이 나라 국민이 사랑하는 음식을 맛보기로 했다. 아직은 생소한 아르헨티나와 친해지는 하루가 될 것이다.

Photo by 홍성우

우리들의 작가님

하늘

다시 봄볕을 맞아 나온 길, 갑자기 성우가 안 보인다. 돌아보니 걷던 길에 멈춰 서 카메라 셔터를 누르고 있다. 카메라 액정을 잠깐 확인하더니만 만족스러운지 배시시 웃으며 달려온다. 수줍게 내민 카메라 속엔 녀석이 바라본 이야기와 생각지도 못한 우리 얼굴이 담겨 있다. 아… 아까 지나친 그 골목을 이런 시선으로 바라볼 수 있구나. 방금 내 표정이 이렇게 환했구나.

사진은 성우가 여행을 기록하는 방식이다. 구도니, 심도니 뭐 이런 것들은 잘 모르지만, 공들여 찍은 사진에 셔터를 누를 때의 감정이 온전히 담겼을 때 즐겁고 뿌듯하단다. 의미 없이 던지는 농담에도 숨겨진 마음이 묻어 있는데, 하물며 의도를 가지고 찍는 사진엔 얼마나 그 사람이 담겨 있을까.

한데, 여기 풍경보다 더 멋있는 녀석을 찍어줄 사람이 없다. 안타까움에 말을 걸자 녀석이 답한다.

"나는 누군가를 엄청 찍어주는데, 정작 제 사진은 없어요."

그러면서 또 배시시 웃는다. 네 사진이 없다고? 그렇다면 가만히 있을 순 없지! 좋은 사진 뭐 그런 거 잘 모르지만 넌 내가 찍어줄 거다! 그렇게 다시 걸어가는 길. 재홍이 형도 나도, 그리고 성우도, 지금의 우리를 더 오래 간직하려 서로를 아낌없이 사진으로 남겨주었다.

부에노스아이레스 한 바퀴

도심을 가로질러 도착한 길 너머, 지붕이 없는 노란 이층 버스 한 대가 눈에 띈다. 부에노스아이레스의 주요 관광지를 돌아볼 수 있는 시티 투어 버스다. 버스의 노선에 가려는 장소가 포함되어 있다면 그곳까지 이동하는 것은 물론, 거대한 도시를 편하게 구경까지 할 수 있는 최적의 방법이다. 우리는 매표소에서 티켓을 구입하고, 버스 이층에 자리 잡았다.

편안히 앉아 부드러운 봄바람을 느끼려는 찰나, 보랏빛 꽃송이 하나가 옆으로 떨어졌다. 봄처럼 따뜻한 계절에 핀다는 부에노스아이레스의 벚꽃 '하카란다'. 11월에서 12월까지 짧은 시간 동안 흐드러지게 피었다가 사라지는 이 예쁜 꽃들이 핀 풍경을 볼 수 있어 기쁘다.

재홍   나 시티 버스는 태어나서 처음이야.

하늘   나는 홍콩에서 타봤어. 지붕이 없었는데 비가 왔어.
　　　그래서 더 좋았어.

재홍   우산 쓰고 탔어?

하늘   그냥 비 맞으면서 탔어요.

성우   추적추적한 그 감성이 좋았던 거예요?

하늘   응. 추적추적. 비 맞으면서 홍콩을 쭉 돌았어. 너무 행복했어.

승객들이 탑승을 마치자 버스가 출발했다. 우리의 목적지 '라 보카'까지는 대략 한 시간 정도 걸린다. 시원하게 뚫린 버스 너머의 풍경을 보노라니 슬며시 미소가 지어진다. 역시 '라틴 아메리카의 파리'라는 별명이 괜히 생긴 건 아니다. 하카란다로 화사하게 물든 부에노스아이레스의 하늘부터 유럽풍 건축물까지, 도시 곳곳에 고전적인 매력이 가득하다.

photo by 안재홍

재홍　어릴 때 그런 말 들은 적 없어?
　　　한국에서 땅을 파고 들어가면 아르헨티나가 나온다고.
　　　완전 반대편이어서. 정확하게 열두 시간의 시차가 있어.
　　　정확하게 오전 오후가 뒤바뀐 거야. 뭔가 미지의 세계에 온 것 같아.

한국에서 가장 먼 곳에 있는 지금, 새삼 낯설고 신기한 기분이다.
어느새 우리 사이에 말이 지워진 지도 오래, 그저 버스 밖 풍경을
바라볼 뿐이다.

하늘　우리 모두 똑같은 기분 아니었을까? 말이 필요 없는 순간이었던 것
　　　같아. 우리가 말이 없다는 것조차도 인지를 못했어.

성우   진짜 바람을 쐬었어요. 창이 없는 버스 위에 앉아 있으니까
      나무가 바로 옆으로 지나가요. 내 안으로 도시가 들어오는 기분.
      가끔 풍경 좋은 곳 가서 쉬더라도, 한참을 바라보다 보면
      뭔가 쓸쓸해지기도 했거든요. 그런데 지금은 계속해서
      바뀌는 풍경에 행복감을 느꼈어요.

재홍   부에노스아이레스가 어떤 곳인지 아직 잘 모르지만,
      골목골목마다 분위기가 자꾸 바뀌잖아. 그냥 아무 생각 없이
      그걸 느끼고 있었던 것 같아.

하늘   뭘 느끼거나 생각할 필요 없이 그냥 그저 바라보는 것.
      그게 제일 정확한 쉼 아닐까?

시티 투어 버스 성우의 시선

라 보카, 탱고의 고향

버스는 분홍빛 대통령 궁부터 로댕의 생각하는 사람, 그리고 에비타 벽화까지, 여행자라면 카메라에 담고 싶을 명소들을 거쳤다. 그렇게 도시의 중심부에서 남동쪽으로 한참을 달리고 나니, 거리의 색채가 점점 다양해진다.

조화로운 파스텔톤 건물들이 보이고 울퉁불퉁한 돌길이 시작되자, 버스는 곧 사람이 북적거리는 정류장에 정차했다. 초입에서부터 유쾌하고 독특한 에너지를 내뿜는 라 보카. 예술가 거리 느낌이다.

라 보카는 골목골목마다 탱고와 낭만이 흐르는 마을. 지금은 제 역할을 잃은 지 오래지만, 라 보카는 바다만큼 넓었던 강 가까이에 있어 과거 부에노스아이레스를 대표하는 항구로 쓰였다. 19세기, 여러 유럽 국가에서 고향을 떠나온 가난한 이민자들은 이 항구를 통해 아르헨티나에 자리 잡았다. 그리고 그들의 손끝에서 새로운 역사가 만들어졌다. 주로 항구 노동자로 일했던 이민자들은 배를 만들고 남은 양철로 집을 지었고, 남는 페인트로는 벽과 지붕을 칠했다. 라 보카의 아름다움을 책임지고 있는 형형색색의 집들, '카미니토'는 아이러니하게도 그렇게 태어났다.

전 세계인에게 사랑받는 춤 탱고 역시 이곳에서 탄생했다. 유럽의 이민자들은 그리운 고향을 잊기 위해, 고단한 삶을 잊기 위해 서로를 끌어안고 춤을 췄고, 그 처연한 몸짓은 탱고가 되었다. 오늘날에도 라 보카 거리 곳곳에서는 탱고에 몸을 맡긴 사람들을 쉽사리 마주할 수 있다.

독특한 분위기의 거리를 걷다 보니, 아르헨티나의 축구 사랑이 실감 난다. 건물의 바깥에는 아르헨티나를 대표하는 축구선수 디에고 마라도나와 리오넬 메시의 얼굴이 그려져 있고, 축구 유니폼을 입은 사람들도 종종 보인다.

잠시 활기 넘치는 동네를 돌아보기로 했다. 탱고의 발상지답게 노천카페의 작은 무대 위에서 이루어지는 탱고 공연이 제법 눈에 띈다. 그중에서도 우리의 시선을 붙잡은 한 공연. 행인들의 발걸음보다 더 바쁘게 움직이는 두 다리가 우리의 발목을 잡는다. 잠시 카페에 앉아 시원한 커피와 함께 아르헨티나에서의 첫 탱고 공연을 맛보기로 했다.

탱고를 추는 두 사람의 옷차림이 무대 뒤에 그려진 벽화와 똑같다. 새빨간 드레스를 입은 여인과 무심한 듯하면서도 힘이 느껴지는 남자의 인상적인 춤사위. 곡이 끝난 뒤 우리는 팔에 돋은 소름을 쓸 어내리며 감탄을 나눴다.

성우　와. 막 다리를 왔다 갔다 '샥' 하고 '착' 힘을 좍 주는 그 매력이 대단한 것 같아요.

재홍　나는 엔딩에서 둘이 '탁' 멈출 때!

하늘　너무 멋있어.

탱고에 푹 빠진 사이, 갑자기 진행자가 우리에게 관심을 보인다. 애써 웃으며 고개를 가로저어봤지만, 무대 위로 올라오라는 그녀의 손짓은 멈출 줄 모른다. 결국 주변의 열띤 환호를 견디지 못하고 하늘이 무대 위로 올랐다.

그리고 시작된 여자 댄서의 친절한 탱고 포즈 강의. 맞잡은 손은 앞으로 쭉 뻗고, 그녀의 한쪽 다리가 내 허리춤 앞까지 올라온다. 멋진 포즈이긴 하지만, 처음 보는 분과의 밀착이 마냥 쉽지만은 않다. 두 눈을 질끈 감고 먼 산을 바라보게 되는 순간. 어떤 표정을 지어야 하는지, 어디를 봐야 하는지… 모든 것이 혼란스럽다. 아무래도 이곳만의 화끈한 기념사진 촬영 방식인 것 같다.

남은 두 사람까지 무대로 소환됐다. 이번엔 포즈를 취하는 정도가 아니라 본격 댄스 무대다. 없던 흥마저 태어나게 하는 탱고 음악이 시작되고, 어느새 우리의 손은 박수를, 발은 스텝을 밟기 시작했다. 댄서의 "두 유 댄스?" 한마디에 시작된 첫 탱고 도전. 성우는 이까지 악물고 무대를 누비며 춤 솜씨를 뽐낸다. 어디론가 숨고 싶지만 도망갈 곳이 없는 탱고 지옥. 피할 수 없다면 진지하게 출 수밖에! 그렇게 우리는 함께 음악에 맞춰 최선을 다해 발을 옮기며, 탱고 신고식을 무사히 마쳤다.

음악에 몸을 맡기는 건 익숙하다고 생각했는데… 시선을 맞추고 스텝을 밟는 건 또 다른 세상이다. 낯선 관객을 마주한 채 무용수의 손길을 따라가며 만난 탱고. 그리고 혼자가 아닌 셋이기에 낼 수 있었던 용기. 이것이야말로 여행이라 가능한 일탈 아닐까?

해피 투게더

카페에서 나온 우리는 시티 투어 버스에서 봤던 한 철교까지 가보기로 했다. 익숙한 생김새가 꼭 영화 〈해피투게더〉에 등장했던 녀석 같았기 때문이다.

그리고 이곳은 영화 속의 철교가 맞았다. 짙은 회색빛 철골들을 엮어 놓은 다리에 다가가며 우리는 과거 우리의 마음을 뒤흔들어 놓았던 영화 속 기억을 더듬기 시작했다.

양조위와 장국영이 연인으로 등장해 화제가 됐던 왕가위 감독의 작품 〈해피투게더〉. 영화는 지구 반대편 아르헨티나를 배경으로 한 연인의 사랑이 깨지고 무너져가는 순간을 담고 있다. 양조위의 집이 있는 장소로 등장했던 라 보카 역시 영화 구석구석 등장했던 곳. 짧게 등장했던 라 보카의 모습과 두 배우가 연기했던 배역의 이름 모두 선명하게 떠오른다. 역시 좋은 영화는 언제나 또렷한 흔적을 남긴다.

성우 두 사람이 엄청 추운 날에 운동하러 나왔다가
　　 양조위가 감기에 걸리잖아요.
　　 그 장면도 여기인 것 같아요.

재홍 다시 돌아오는 육교!

하늘 그리고 공중전화 박스에서 통화하는 신에서도 나왔던 것 같아.

떠올리면 떠올릴수록 감정의 여운이 짙어지는 작품 〈해피투게더〉.
영화를 좋아하는 세 사람이 모이니, 영화 토크쇼 한 편이 뚝딱 만들
어진다. 이번 토크 주제는 왕가위 감독이 연출한 다른 작품 〈화양
연화〉다. 당장에라도 홍콩행 비행기 티켓을 끊고 싶어 안달이 나게
만들었던 작품이다.

성우   〈화양연화〉도 진짜 좋았어요
       당장 홍콩에 가고 싶을 만큼!

재홍   난 레스토랑에 찾아갔었어. 양조위랑 장만옥이 옥색 접시에
       스테이크를 썰던 그 레스토랑. 갔는데, 없어졌었어.

이번에는 세 사람 다 같은 영화를 좋아한다는 점을 발견했다. 우리
가 좋아하는 작품 속 명소를 찾는 일이 이토록 즐거운 일이었다니.
아무리 대단한 의미가 담긴 장소라 해도 혼자였다면 느끼지 못했
을 행복이다. 이곳을 떠나기 전 철교 아래에서 기념사진을 촬영하
기로 했다. 그런데 사진 한 장에 얼굴은 물론 거대한 철교까지 다
담는 게 보통 어려운 일이 아니다. 사진 퀄리티는 영 만족스럽지 않
지만, 그래도 할 일은 했다. 상쾌한 기분에 영화의 테마곡이 절로
흘러나온다.

Photo by 옹성우

부에노스아이레스의 첫날 밤

숙소로 돌아가는 길. 이번에는 시내버스를 타기로 했다. 현지인들과 한데 섞여 부에노스아이레스 거리를 달리며, 지나치는 풍경과 함께 지나간 하루를 회상해본다. 여행 첫날의 설렘이 더해져서 그런가, 그새 옆에 있는 친구들이 편해져서 그런가. 실없는 농담이 입밖을 비집고 나온다.

재홍 바다가 근처에 있는데 습하지 않아. 딱 기분 좋은 바닷바람.
하늘 신기해.
재홍 마라도나 어디 살까?
하늘 저쪽 마라도에 안 살까요?

정신없는 하루 끝에, 밤이 찾아왔다. 우리와 달리 밤 아홉 시는 돼야 저녁을 먹기 시작한다는 아르헨티나 사람들.
오늘은 우리도 느지막이 그들이 가장 사랑하는 음식, 아르헨티나에서 절대 놓쳐선 안 된다는 아사도를 맛볼 생각이다.

048

아사도Asado는 고기에 소금만 뿌려 숯불로 천천히 구운 아르헨티나의 대표적인 음식으로 초원에서 소를 치는 가우초Gaucho들이 고기를 구워 먹던 것에서 시작했다. 고기에 따라 긴 꼬챙이에 통째로 꽂아 굽거나, 부위별로 잘라 석쇠에 굽는다. 소, 양, 닭, 돼지까지 무엇이든 구울 수 있는데, 은은한 숯불에 오랫동안 굽는 것이 다른 바비큐와 다른 아사도만의 특징이다. 이렇다 할 양념도 없이 구운 고기가 뭐 그리 대단한가 싶겠지만, 아사도가 맛을 내는 비법은 바로 고기 자체에 있다. 아르헨티나 인구는 4,500만 명, 소는 5,400만 마리. 사람보다 소가 많은 이곳은 국토의 1/5이 초원이다. 너른 초원에 풀어놓은 엄청난 양의 소는 풀을 뜯으며 건강하게 자랐다. 덕분에 질 좋은 고기를 값싸게 살 수 있게 된 사람들은 아사도를 요리해 소중한 사람들과 함께 먹었다. 온 국민의 사랑을 받게 된 아사도는 단지 요리를 넘어 마음을 나누는 하나의 문화로 자리 잡았다.

식당에 들어서자마자 적나라하게 몸을 펼친 채 통째로 구워지는 고기에 눈을 뗄 수가 없다. 요동치는 위장을 달래며 부위별로 다양하게 먹을 수 있는 모둠 아사도를 주문했다. 곧 수북이 쌓인 고기 위로 김이 모락모락 피어오르는 접시가 도착했다. 한눈에 봐도 기름기가 영롱한 것이 대체 어떤 고기부터 손을 대야 할까, 행복한 고민 끝에 제일 익숙한 갈비를 입에 가져갔다.

아사도, 그 고소함은 감동에 가깝다. 포크를 타고 전해지는 고기의 육질이 보통이 아니다. 바삭한 껍질이 이에 닿기 무섭게 고소한 기름과 육즙이 입안을 마음껏 돌아다닌다. 몇 번 씹었다고 이렇게 녹아버리면 어떻게 해, 카~ 웃음이 절로 나온다. 아르헨티나 사람들은 이렇게 맛있는 걸 먹고 산다고? 흥이 없으려야 없을 수 없다. 남은 여행 동안 아사도를 절대 놓지 않겠어!

한 점, 두 점. 육질에 감탄하고 맛에 감동하며 부지런히 아사도를 음미했다. 이불이 보송보송한 우리의 숙소, 비행기표까지 포함해 120만 원이 전부였던 첫 해외여행의 추억, 오늘의 감상, 그리고 내일 계획. 탁구공 튀듯 다양한 얘기가 오가는 동안 밤이 깊어졌다. 접시에 수북이 쌓였던 고기는 이제 바닥을 드러내고 한국에서부터 쌓였던 피로가 눈꺼풀로 점점 내려오기 시작했다.

photo by 안재흥

사진을 한 장씩 돌려보며 지구 반대편 하루를 무사히 마쳤다.
어느새 사진첩은 서로를 바라보던 시선과
우리가 함께한 이야기로 채워져 있었다.
몇 번을 떠나도 여행 첫날의 모습은 비슷하다.
익숙하지 않은 언어로 숫자를 세고, 모르는 길을 찾고,
생각지도 못한 장면을 맞닥뜨린다.

처음이라 서툴고, 낯설기에 어설프지만 돌아보면
함께 웃어줄 사람이 있어 다시 들뜨고 만다.
내일은 또 무슨 일이 벌어질지 모르겠다.
그럼에도 불구하고 어떤 일이든 생길 수 있다는 건,
이렇게나 설렌다.

세 명의 여행자, 세 개의 여행

지구 반대편에서 맞이한 여행 2일 차 아침. 아직 끝나지 않은 시차 적응이 이 여행을 실감 나게 한다. 오늘 오전 일정은 우리 세 사람 이 각자 자유롭게 여행하는 것!

성우의 여행
오전 9시 42분. 창문을 활짝 열고 바라본 바깥에는, 주말에도 활기 찬 부에노스아이레스의 길거리가 보인다.
서둘러 옷을 입고 카메라를 챙겨 숙소 밖으로 나섰다. 오늘 오전 일 정은 숙소 근처에 있는 공원을 산책하며 사진 찍기! 공원을 향한 길에서부터 도시 곳곳의 아름다운 풍경을 카메라에 정신없이 담았 다. 건너는 것만으로도 숨이 차는 7월 9일 대로부터 시작해, 집 밖 에서 휴일을 즐기는 아르헨티나 사람들, 건물들 사이 우뚝 선 오벨 리스코까지!

공원 근처에 다다르자 풀 내음을 물씬 풍기는 잔디밭이
나타났다. 그리고 동그란 뒤통수가 귀여운 한 아기도 보인
다. 아장아장 걷더니, 쿵 넘어져 앉는 모습이 심장이 내려
앉을 만큼 귀엽다. 이렇게 예쁜 장면을 놓칠 수가 있나…
곁으로 다가가 조심스럽게 셔터를 누르는데, 한 소녀가 불
쑥 다가와 쪽지를 건넨다.

무슨 쪽지지? 놀란 것도 잠깐, 들여다본 쪽지에는 메일 주
소가 적혀 있다. 소녀가 왔던 방향으로 고개를 돌리니, 아
이들과 함께 둘러앉아 손을 흔드는 아기 부모님이 보였다.
내가 찍은 사진을 보내 달라는 뜻이었구나! 얼른 손가락
으로 오케이 사인을 보냈다. 그리고 이번엔 더 정성 들여
아기 사진을 찍었다. 한국에 돌아가면 잊지 말고 꼭 사진
을 보내줘야지.

산책로를 따라 공원의 안쪽으로 들어가자, 이번엔 태극권 삼매경에 빠진 사람들이 보인다. 느릿느릿하고 부드럽게. 평화로운 풍경 안에서 똑같이 움직이는 사람들을 보고 있으니 최면에 걸린 듯 점점 빠져든다. 꼭 한 번 같이 해보고 싶었는데, 오늘이 바로 날인 것 같다. 짐을 내려놓고 뒤쪽에 서서 강사의 몸짓을 따라해본다. 어느새 자연과 하나 되는 느낌에 벅차오르는 가슴…. 손끝 하나하나 몸의 흐름에 집중하다 보니, 손이 지나갈 때 닿는 공기가 느껴지고 마음이 차분해진다. 지구 반대편에서 참 좋은 경험을 했다!

재홍의 여행

나는 라 플라타 항구 쪽에 있는 한 카페에서 브런치를 즐길 생각이다. 하카란다 향기가 물씬 풍기는 강가에 가까워지자, 곧 목적지가 나타났다. 약 4킬로미터, 대략 만 보를 걸어 도착한 이곳은 눈 뜨자마자 숙소 침대에 누워 열심히 검색한 끝에 선택한 곳이다. 맞은편 강가의 풍경도 보고 따스한 볕도 즐길 겸 야외 테이블에 자리를 잡고 앉았다.

오늘 내가 먹을 브런치 메뉴는 크루아상, 치즈 케이크, 아이스 아메리카노. 미리 공부해온 대로 빠르게 주문을 마쳤다. 음식이 나오길 기다리며 여유로운 일요일 오전의 부에노스아이레스를 감상해본다. 나처럼 카페의 야외 테이블에 앉아 햇살을 만끽하는 사람들, 강가에서 카누를 타는 사람들, 손을 꼭 붙잡고 거리를 걷는 연인… 여기 앉아 있으니, 이 도시의 진짜 일상이 느껴진다.

미세먼지라곤 찾아볼 수 없는 공기에 감탄하는데, 주문한 음식들이 연달아 나왔다. 도저히 사진을 안 찍곤 못 배길 비주얼이다. 인증샷을 찍으며 눈으로 먼저 맛을 음미해본다. 딸기 장식이 더해진 크루아상은 반지르르 윤기가 흐르고, 크랜베리 크림이 얹힌 케이크의 진한 치즈 향은 코끝을 자극한다. 맛은 어떨까…? 케이크의 끄트머리를 조심스럽게 잘라 입안에 넣었다. 그저 미쳤다는 말밖에는 표현이 안 되는 맛!

브런치라는 게 이런 거라면 진작 즐길 걸 그랬다. 한국에서는 한 번도 가본 적 없는 브런치 카페를 지구 반대편에서 처음 와 보다니… 풍경 한 입, 케이크 한 입 먹으며 생애 첫 브런치를 즐긴다.

photo by 안재홍

하늘의 여행

기지개를 켜며 피로를 떨쳐내고, 가장 늦게 부에노스아이레스 거리로 나섰다. 오늘도 포근한 봄 날씨를 뿜내는 부에노스아이레스 여행 2일 차. 아직은 내 몸 위에 걸쳐진 가벼운 옷들이 어색하고 현실감이 느껴지지 않는다.

평소 나의 여행 스타일은 발길 닿는 대로 가는 것. 그러다 보면 유명한 곳을 만나기도 하고, 현지인들만 가는 곳이 나오기도 한다. 길의 끝에서 어떤 것을 만나게 되든, 그 모든 게 여행이기에 오늘도 흘러가는 발길을 따라가는 중이다.

그렇게 걷다 보니 나무 탁자 위로 햇살이 드는 카페가 나타났다. 자리 잡고 앉아 연극 〈환상동화〉 대본을 펼쳐 들었다. 한국에 돌아가면 올리게 될 공연인데, 틈틈이 대본 연습을 할 계획이다. 그런데 대본을 보고 있는 내 곁에 한 녀석이 찾아왔다. 내 맞은편 의자 위로 날아와 앉더니, 자꾸만 옆을 맴도는 비둘기 한 마리… 이름을 붙여주면 친구가 되려나? 인사를 건네본다.

"Hola. Where are you from?" 영화 〈캐스트 어웨이〉에 톰 행크스
가 된 것 같은 기분이군.

예전에 봤던 영화 속 장면을 떠올리며 알짱거리는 비둘기에게 윌
슨이라는 이름을 붙여줬다. 근데… 내 말을 알아듣나 본데? 윌슨에
게 손가락으로 이리저리 방향을 가리키자, 묘하게 가리키는 대로
움직여준다. 의자로 내려오라면 내려오고, 옆으로 가라면 옆으로
간다?! 하지만 감탄도 잠시. 내 말을 따르나 싶던 윌슨은 홀랑 어딘
가로 날아가 버렸다.

여행이 주는 행운

반나절의 짧은 시간 동안 각자의 여행을 마친 우리. 숙소에서 다시 만나니 반가움과 동시에 묘한 안도감이 든다. 우리는 마요 광장 근처에 있는 산 텔모 시장까지 걸어가기로 했다. 혼자만의 시간을 보내고 온 만큼, 각자의 여행 후기를 전하느라 바쁘다.

하늘   대장님, 어디로 가면 됩니까?

재홍   This way! 드디어 완전체가 되었네.

성우   오전에 다들 뭐하셨어요?

하늘   난 카페에 갔어. 그리고 대본을 펼치는데
　　　갑자기 내 앞에 비둘기 한 마리가 앉는 거야.
　　　비둘기를 그렇게 가까이서 본 건 처음이었어.

성우   저는 공원을 산책했는데, 현지인들이 모여서 태극권을 하는
　　　거예요. 너무 하고 싶어서 같이 했어요. 좋았어요.

하늘   와 대박이다.
　　　재홍이 형은 이미 아침에 만 보를 걸었다는 소문이 있던데?

재홍   쭉 훑고 왔어. 한국에서도 안 먹던 브런치를
　　　리버사이드에서 먹고 왔지.

수다를 나누며 걸으니 금세 마요 광장이 나타난다. 생동감이 느껴
지는 이곳. 광장의 입구에 들어서니, 정면에 동상 크기만큼이나 거
대한 아르헨티나 국기가 먼저 눈에 띈다. 바람에 부드럽게 펄럭이
는 국기가 청명한 하늘과 하나의 그림처럼 어우러진다.

그 아래로 광장을 무대 삼아 펼쳐지는 탱고 무대가 보인다. 서로에
게 푹 빠진 채 춤을 추는 두 사람의 모습에, 우리 셋의 발걸음도 멈
췄다. 이 광장의 크기 같은 건 느껴지지 않을 만큼 집중하게 만드는
공연. 스피커를 통해 울려 퍼지는 음악이 끝을 향해 갈수록 남자와
여자의 움직임 역시 더 절절해진다. 어느덧 노래가 끝을 맺고 공연
도 끝났다. 우리는 진심을 담아 박수를 보냈다.

여행은 예상하지 못한 순간, 자그만 행운을 선물하곤 한다. 발길이
닿는 곳마다 자연스럽게 탱고가 스며 있는 이곳 부에노스아이레스,
공연을 봤으니 감사한 마음을 담아 관람료를 드리고 떠나야지.

Photo by 옹성우

탱고의 잔향을 느끼며 산 텔모 시장 쪽으로 향하는 길. 어제 시티 투어 버스를 타고 가며 봤던 분홍빛 대통령 궁이 점점 가까워진다. 여길 보면 떠오르는 영화가 하나 있지.

재홍   그 영화 봤어? 〈에비타〉?

하늘   봤죠.

재홍   그 장면 있잖아. 에비타가 영부인이 되고 군중 앞에서 '돈 크라이 포 미 아르헨티나'를 부르는.

하늘   아~ 그게 여기예요?

재홍   *여기야. 돈 크라이 포 미 아르헨티나~*

아르헨티나의 영원한 영부인, 에바 페론. 꼬마 에바라는 뜻의 '에비타'로도 불리는 그녀는 후안 페론과의 만남 이후 배우에서 남편의 정치적 동반자로 삶의 변화를 맞았다. 후안 페론의 대통령 당선 이후, 에바 페론은 노동자와 서민들을 위한 파격적인 복지 정책들을 내놓으며 '빈민의 성녀'라는 별명을 얻는 등 국민들의 큰 지지를 받았다. 에바 페론은 34세의 젊은 나이에 세상을 떠났고, 현재는 역대 대통령들이 묻힌 공동묘지 레콜레타에 묻혀 있다.

그런 그녀가 많은 관중 앞에서 연설했던 대통령 궁과 마요 광장 위에 지금 우리가 서 있다. 영화에서 에바 페론을 연기했던 마돈나의 노래를 떠올리며 오른편으로 발걸음을 돌렸다. 도로 맞은편 사람들로 북적이는 산 텔모 시장의 입구가 보인다.

무엇에 쓰는 물건인고

재홍 여기부터 시작이야.

성우 선글라스 벗어야겠다.

하늘 예쁜 거 너무 많다. 눈이 막 돌아가는데?

부에노스아이레스의 일요일은 여길 위해 꼭 비워두라는 말이 있다. 바로 산 텔모 시장이다. 매주 일요일, 마요 광장에서 도레고 광장까지 1.3킬로미터나 이어진 거리에 서는 이 시장은 세계 최대 규모의 주말 시장이자 부에노스아이레스의 명물이다. 수백 개의 각기 다른 상점이 들어서는 곳인 만큼 파는 물품도 가게마다 특색이 넘친다. 새 주인을 기다리는 오래된 보석과 귀한 장식품부터 독특한 수공예품에 이르기까지. 온갖 종류의 모양과 색깔과 소리가 여기에

있다. 하루 방문객은 1만 명 이상. 하얗게 늘어선 천막과 그 사이를 가득 채운 사람들이 진풍경을 이루고, 그 소란한 가운데 활기를 느낄 수 있는 것이 이 시장의 매력이다. 그뿐만 아니라 곳곳에서 예술가들이 펼치는 다채로운 공연에는 다른 벼룩시장에서 찾을 수 없는 뜨거움이 있다. 꼭 무언가를 사지 않아도 좋은 산 텔모 시장, 그저 걷기만 하더라도 쉽게 발을 뗄 수 없을 만큼 재미있는 시간을 보낼 것이다.

하늘   나는 여행지에서 야시장엔 꼭 들러요.

재홍   이곳엔 대부분 빈티지라 고민하다 보면 없어진대.

하늘   이거다 싶으면 바로 사라고요?

곧, 생전 처음 보는 물건이 나타났다. 이 나라 전통 관악기인 듯한데… 손바닥만 한 길이에 한쪽은 바람을 불어넣는 구멍이 뚫려 있고, 다른 한쪽은 스푼같이 넓적한 게 꼭 작은 피리 같았다. 스페인어로 음악이 뭔지 몰라 우선 '뮤직'이란 단어를 던지고 입으로 휠릴리~ 부는 전 세계 공통 바디 랭귀지까지 보이며 주인에게 물었다. 돌아온 대답은 상상 초월! 관악기라고 생각했던 은색 물건은 차 마실 때 쓰는 빨대였다. 와… 이건 정말 예상 못 했네. 오늘 시장 구경 흥미진진하겠는걸?

몇 걸음 더 걸어가니, 또 한 번 그 기능을 알 수 없는 물건이 나타났다. 도톰한 나무 명패처럼 생겼는데, 500원짜리보다 좀 더 큰 구멍이 뺑 뚫려 있다. 호기심에 걸음을 멈추자, 주인아주머니가 와인 병을 들어 능숙한 손길로 나뭇조각의 구멍에 병 입구를 쏙 끼워 넣는다. 놀라운 일이 벌어졌다. 나뭇조각과 와인 병이 환상적인 무게중심을 뽐내며 세워졌다. 투박해 보였던 네모난 나뭇조각은 와인 거치대였던 거다. 이거다 싶으면 사라고 배웠다. 하지만 절대, 정말 절대로 의심은 아니지만, 혹시나 마술이 아닌지 확인하기 위해 직접 와인 병을 꽂아보았다. 지구 반대편에 반품하러 올 수도 없는 노릇이니 꼼꼼하게 봐야 한다. 몇 번을 해봐도 거치대에 꽂혀 쓰러지지 않는 와인! 그제야 시원하게 주머니를 열었다.

이번엔 한 걸음만 옮기면 되는 옆 가게 물건이 눈길을 사로잡았다. 주문 즉시 그 자리에서 뚝딱 만들어주는 백 퍼센트 고객 맞춤형 자연석 펜던트 목걸이다. 파란색과 하얀색이 섞인 파타고니아 지역 원석과 은으로 된 나비 모양 체인을 골랐다.

한 번 열린 주머니가 쉽게 닫힐 리 없지. 첫 구매를 시작으로 우리의 쇼핑은 도미노처럼 이어졌다. 오늘 안에 다 볼 수 있을까 싶은 시장을 부지런히 누볐다. 아르헨티나 사람들이 온종일 옆에 두고 마신다는 마테차도 마셔보고, 이 나라 국민 잼이라는 달콤한 우유 잼도 놓치지 않았다. 작은 통 안에 든 별 가루가 반짝이는 만화경, 던지면 다시 돌아오는 부메랑, 소 발굽으로 만든 컵, 생각지도 못했던 물건들이 걸음마다 있었다. 보는 것마다 신기하니, 북적이는 사람들 틈에서도 도무지 지치질 않는다. 보고 먹고 만지고 듣고. 눈과 입도 모자라 귀까지 즐거운 산 텔모 시장에 정신을 쏙 빼놓고 보니, 어느새 시장 끝자락에 닿았다. 그리고 근처 스카이다이빙 예약 센터를 찾았다.

서프라이즈 오브 스카이다이빙

<u>성우</u>

저 높은 하늘 위에서 온몸으로 지구를 껴안을 수 있다는 스카이다
이빙은 내 오랜 버킷리스트다. 갑자기 무슨 말이냐 싶겠지만, 부에
노스아이레스는 스카이다이빙이 저렴하기로 세계적으로 유명한
곳이다. 그렇다면 이번 여행에서 스카이다이빙을 하는 건 당연한
수순! 떠나기 전부터 혹시 형들도 같이하지 않겠느냐고 슬쩍 물었
지만, 단호한 거절이 돌아왔다. 그래, 나한테 스카이다이빙은 버킷
리스트지만 관심 없는 형들에겐 아까운 여행의 시간을 쓰는 일일
테다. 형들과 잠깐 떨어져 나 혼자 스카이다이빙을 하겠다고 했으
니, 여기 스카이다이빙 예약 센터에서 알아봐야겠다.

하늘

어젯밤까지만 해도 전혀 생각이 없었다. 아니, 오늘 아침 침대에서 일어날 때까지만 해도. 성우에게 형과 난 따로 여행하고 있을 테니 무사히 돌아오라며 농담도 던졌다. 카페에 홀로 앉아 커피를 마시며 생각했다. 여행을 떠나기 전부터, 어쩌면 훨씬 더 오래됐을지도 모를 성우의 간절한 바람. 그걸 이룰 순간을 함께한다면 얼마나 좋을까… 하고 말이다. 녀석에겐 우선 비밀로 하고 같이 스카이다이빙을 하기로 했다. 분명 재미있을 거다. 그리고 무엇보다 혼자 비행장에 보내기엔 마음이 쓰인다. 뭐, 이렇게 갑작스러운 것도 여행이지. 그나저나 재홍이 형은 안 하겠다는 마음이 돌덩이만큼이나 확고한데, 이렇게 뛰겠다고 결심하고 나니 걱정이다. 우리 형, 이 소식 들으면 놀라서 주저앉을 것 같은데…

재홍

이게 다 상상력이 풍부해서다. 무럭무럭 자라나는 상상이 지금 눈앞에 펼쳐진 듯 사실적인
데다, 내가 만들어낸 그 끝은 늘 무시무시하다. 그래서 그런 거다. 아프리카 여행을 하며 세
계에서 손에 꼽는다는 빅토리아폭포 번지점프 다리 위에서도 그저 구경만 했던 나다. 한데,
성우 녀석 버킷리스트가 글쎄 스카이다이빙이란다. 그냥 한번 해보고 싶다는 것도 아니고,
버.킷.리.스.트! 아침에 일어나 스카이다이빙을 검색했다. 여러 후기를 봤지만 역시, 마음이
서질 않았다. 저렇게 설레하는 성우랑 같이해주고 싶은데. 내가 날개가 있으면 좋으련만…
할 수 있을 거라 생각했다가도 허벅지가 저릿해지는 상상에 도저히 못 하겠다고 마음에 못
을 박는다. 이러지도 저러지도 못하는 마음이 지르박 스텝을 밟으며 흔들렸건만, 어째서였
을까? 따뜻한 봄볕과 사람들의 미소 때문이었을까? 아니면 혀에 녹아든 치즈케이크 때문
이었을까? 브런치를 먹던 중에 갑자기 성우와 함께 스카이다이빙을 해야겠다는 생각이 들
었다. 하늘이도, 성우도 얼마나 놀랄까? 그 표정이 너무 궁금하다.

스카이다이빙 예약 센터에 들어섰다. 아무것도 모르고 내일 스카이다이빙 일정에 대해 꼼꼼하게 확인하는 성우와 뒤에서 조용히 듣고 있는 하늘이. 후후. 녀석들, 얼마나 당황할까? 자꾸만 올라가는 입꼬리를 끌어내렸다. 드디어, 한 명만 예약할 거냐며 직원이 물었다. 자, 때가 왔다. 폭탄을 터뜨리는 거야! 놀랄 준비됐니?

"나도 할 거야!"

드디어 뱉어버렸다. 그러자 하늘이가 바로 이어 말했다.

"그럼 나도 해야죠."

이건 기대한 것도, 예상한 장면도 아니다. 하늘이는 당황이란 감정이 없는 건가? 지금 상황이 어떻게 돌아가는지 모르겠지만 일단 질러버렸다.

"Tres personas 세 명 예약할게요."

하늘이와 성우를 놀라게 하려다 내가 더 당황해버린 몰래카메라는 이렇게 맥없이 끝나버렸다. 나중에 알고 보니 하늘이도 아침에 스카이다이빙을 다짐했단다. 어쩜 둘이 똑같은 생각을 했는지. 게다가 몰래 놀라게 해주려는 계획까지 같았다. 정신을 차리자 문득 등골이 서늘하다. 나 내일 스카이다이빙 하는구나…. 혼자 하려다 다 함께 뛰어내리게 된 성우의 눈은 이미 초승달이 되어 있다. 그렇게 우리는 조르륵 앉아 누군가의 다이빙 영상을 보며, 하늘에서 떨어질 내일을 그렸다. 예약을 마치고 나오자 활짝 웃는 스카이다이버 사진이 눈에 들어온다. 우리도 내일 저렇게 웃을 수 있을까? 어마어마한 예약을 끝내서 그런가, 갑자기 피로가 몰려온다. 우선 내일 여행은 내일로 넘겨놓고, 카페에 들러 지친 다리부터 풀어주기로 했다.

일요일은 축제

성우   이제 드디어 하는구나. 정말 오랫동안 하고 싶었던 건데.

재홍   나 진짜 빅토리아폭포에서도 번지점프 안 했거든.

성우   너무 고마워요. 진짜 놀랐어. 진짜 깜짝 놀랐어.

재홍   그런데 그것도 신기하다. 나도 낮에 결심했거든.
         스카이다이빙 하기로.

하늘   나도 대본 읽다가 뛰어야겠다고 결정했어요.

재홍   아침에 일어나서 씻지도 않고 침대에 누워
         스카이다이빙을 찾아봤어.
         그런데 자유낙하 45초라면 정말 빠른 거 아니야?

하늘   그렇죠.

재홍   그렇지?

하늘   웃~ 하고 끝나는 거예요, 형. 진짜로 45초 그냥 치치치치치~

성우   아… 진짜 짜릿하겠다. 그때가 제일 좋대요.

하늘   와! 이 상태로 떨어진다는 거지? 이 상태로 떨어지는 거야!

갑자기 바깥이 소란스러워졌다. 규칙적인 타악기 소리가 점점 가까워지더니 카페를 울릴 만큼 커졌다. 밖에 무슨 재미있는 일이 생긴 게 분명하다. 서로 눈이 마주치고, 우리는 단번에 뛰어나갔다. 가슴에 사람만큼 큰 북을 멘 수십 명이 줄지어 걸어가며 리듬을 만들고 있었다. 그 주위엔 그 어떤 시선도 신경 쓰지 않는 사람들이 리듬에 따라 몸을 흔든다.

성우   북 앞에서 춤추는 사람들 멋있지 않아요?
　　　　에너지가 확 전해져요.

하늘   심장이 막 두구둥! 두구둥!

재홍   축제 같아. 일주일에 한 번씩 하는 축제.

남미의 열정이란 게 이런 건가? 타악기 박자로만 만들어낸 원초적인 흥겨움. 그 앞에선 성별도, 나이도, 눈치 보기도 없었다. 거대한 북소리가 바닥을 울리고 심장까지 들썩인다. 역시 뛰어나오길 잘했다. 해가 이미 기울어가는데도 후끈거리는 이곳엔 쉽게 밤이 오지 않을 것 같다.

PARRILLA
LA BRIGADA

Photo by 옹성우

땅거미가 내려앉을 무렵, 우리는 카페를 나와 식당으로 향했다. 실시간으로 짙어지는 하늘 아래 하나씩 켜지는 가로등이 낭만에 방점을 찍는다. 밤에는 또 다른 모습을 보여주는 산 텔모 골목. 그새 목적지가 나타났다.

어둑한 골목을 초록빛 간판으로 환하게 비추고 있는 저 커다란 식당이다. 소고기 맛집이 넘쳐나는 부에노스아이레스. 고기 전문 식당 '빠리샤' 간판이 줄지어 서 있지만, 그중에서도 손꼽히는 곳이 바로 3층짜리 건물을 통째로 쓰고 있는 '라 브리가다'이다. 인테리어만 봐서는 축구 전문점 같기도 하지만, 실제론 아주 연하고 부드러운 육질의 스테이크로 정평이 나 있는 엄청난 식당.
'그릴 마스터'라는 별명을 가진 사장 휴고는, 고기에 대한 남다른 애정과 경험을 바탕으로 지난 20년간 라 브리가다를 운영해왔다. 축구선수 메시와 마라도나를 비롯한 수많은 유명 인사도 이곳의 고기 맛을 보고 갔다니, 벌써 그 맛이 궁금해진다.

> 하늘   가게가 이미 멋있어.
> 옛날로 시간 여행을 해서 들어온 것 같은 느낌이야.

> 재홍   어제 갔던 아사도 먹었던 가게와는 또 다르다. 그렇지?

> 성우   거기는 뭔가 고급 레스토랑 같은 느낌이었다면
> 여기는 테마파크 같아요.

> 재홍   이렇게만 봐도 아르헨티나는 진짜 축구다, 축구.

자꾸만 들뜨는 마음에 추를 달아 꾹꾹 누르며 인테리어부터 음미했다. 눈알을 굴리며 구경하느라 바쁜 우리에게 웨이터가 다가와 메뉴판을 건넨다. 웨이터와 사장님까지, 아사도 다큐멘터리에서 봤던 반가운 얼굴들에 괜스레 친근감이 느껴진다. 마치 좋아하는 캐릭터들로 가득한 디즈니랜드에 방문한 기분이랄까?

우리는 각자 다른 부위의 스테이크를 신중하게 골라 주문을 마쳤다. 그리고 다시 한번 가게를 둘러보는데, 메시의 유니폼이 천장 한 가운데 떡하니 전시되어 있다. 메시가 단골인 레스토랑이라니⋯ 지금 우리가 앉은 이 자리에 메시가 앉았던 적도 있지 않으려나?

재홍 홍콩에 가면 주윤발 님 맛집이 있잖아. 여기는 메시 맛집이야.

하늘 그 이름도 유명한 메시 님 맛집. 메시도 음식 기다리며 허기질 때
이 테이블 위의 비스킷을 먹으면서 기다렸을 거야.

성우 모든 것에 의미 부여하게 되네요.
메시가 먹었던 과자, 메시가 앉았던 자리⋯

하늘 언젠가 한번은 이 포크로 메시가 먹었을 거야.
먹었는데 설거지를 했겠지.

기가 막히는 샐러드가 들어간 후라 위장은 더욱 요동치고 있는데 고기는 감감무소식⋯ 그때 웨이터가 다가와 테이블 옆에 별도의 고기용 테이블을 세팅하기 시작했다. 우리는 자세를 고쳐 앉고 동영상을 촬영할 준비를 마쳤다. 긴장된다. 멀리서 들리는 칼 소리에도 청각이 곤두서고, 입안엔 침이 고인다. 1초가 1년처럼 흐르고⋯ 우리의 두 눈은 웨이터 뒤통수만 쫓는다. 뭔가 거대한 게 올 것 같은 그런 기분!

양손에 접시를 든 웨이터들이 우리 테이블로 다가온다. 두툼한 스테이크가 올려진 그릇은 고기용 테이블에 올려놓고, 숟가락과 포크를 부딪치며 커팅 퍼포먼스를 준비한다. 그토록 기다려왔던 이 순간! 드디어 숟가락을 손에 쥔 웨이터가 고기를 자르기 시작했다. 숟가락만으로 부드럽게 잘리는 고기에 그저 감탄밖에 안 나온다. 다큐멘터리로만 봤던 장면이 내 눈앞에서 펼쳐지고 있다. 지금… 꿈꾸고 있는 거 아니겠지?

엄청난 퍼포먼스에 믿음이 안 생길 수가 없다. 칼조차 사치로 느껴지는 이 스테이크, 심혈을 기울인 인증샷 촬영이 끝나고 이제 혀끝으로 맛을 인증할 차례다. 첫 스테이크 조각은 소스 없이 고기 본연의 맛을 느껴 보기로 한다. 한 입 물자마자 입 안에 육즙이 터진다. 씹는 맛이란 게 이런 건가? 난생처음 더 알아가고 싶은 '씹는 맛'. 황홀하다.

재홍   라이프 스테이크!

하늘   인생 스테이크?

성우   내 인생은 스테이크다!

재홍   내 인생은 스테이크가 뭐야.
        근데 그것도 괜찮은 것 같은데, 생각해 보니까.

하늘   한국에 돌아가면 그립겠죠?
        그런데 다시 오기가 너무 힘들다.
        지금 이거 하나는 확실하게 얘기할 수 있어요.
        내가 내 접시에 나온 스테이크를
        처음부터 끝까지 질리지 않고
        끝까지 맛있게 먹은 건 처음인 것 같아요.

성우   와인이 있다는 것도 잊게 만드는 맛.

Photo by 옹성우

양조위와 함께 탱고를

그사이 까맣게 깊어진 밤, 우리에겐 아직 특별한 장소가 남았다. 오늘을 위해 여행을 떠나기 전부터 예약까지 해둔 그곳을 직접 눈으로 보고, 발을 디딜 생각을 하니 마음이 급해진다. 코를 간질이는 봄바람을 맞으며 골목을 얼마나 걸었을까. 저 앞에 익숙한 외관이 보이기 시작했다. 영화 〈해피투게더〉에서 양조위가 일했던 탱고 바이자 두 연인이 엇갈렸던 장소다. 영화는 따로 봤지만, 우리가 꼭 함께 찾아가리라 다짐했던 바로 그곳! 바 수르Bar sur다.

재홍 　여기를 진짜 왔네.

하늘 　우리가 여기에 왔다고? 진짜?

성우 　와… 소름 돋아요.

"바 수르에 오신 걸 환영합니다."
우리를 맞아주는 인사와 함께 나무 문이 열리고, 그곳에 발을 들였다. 영화 속에서 화면을 뚫고 나올 듯 강렬했던 바둑무늬 바닥이 제일 먼저 눈에 들어온다. 그리고 동그란 테이블과 오래된 액자들. 영화에서 봤던 그 장면 느낌 그대로다.

재홍   영화 속 촬영지를 가면 영화와는 다르잖아.
　　　분위기도 그렇고, 아무래도 촬영 때문에 꾸며 놓은 느낌도 나고.
　　　근데 여기는 너무 그대로야.

하늘   그 느낌이 그대로 풍기는 것 같아. 앞에 가로등 조명까지
　　　똑같아, 영화랑.

성우   시간 여행하는 느낌이에요.

낡은 포스터와 각진 유리잔, 심지어 떠다니는 먼지까지도. 바에 있는 모든 것들이 이 낭만적인 공간을 만드는 데에 제각기 역할을 하고 있다. 좋아하는 영화와 배우의 흔적이 남은 곳에 있는 지금 이 순간, 선풍기가 회전하는 것처럼 고개를 움직이며 그저 감탄하고 있던 우리를 멈추게 한 건 연주자를 소개하는 목소리! 피아노와 콘트라베이스, 그리고 탱고의 심장이라는 반도네온 연주와 함께 가수가 노래를 부르기 시작했다. 테이블 여덟 개 남짓한 작은 공간에 노래가 터질 듯 채워지자, 공간감이 사라지고 오직 음악만이 들렸다. 영화 〈여인의 향기〉 삽입곡 'Por una cabeza'. 귀에 익은 노래가 흘러나오고 영화의 명장면이 떠올랐다. 알 파치노가 내게 처음으로 보여주었던 춤, 바로 탱고다.

'3분간의 연애', '몸으로 쓰는 시'라 불리는 아르헨티나 춤 탱고. 연인으로 보일 만큼 서로 가슴을 맞대고 다리를 포갠 이 낭만적인 춤에는 아이러니하게도 외로운 역사가 있다. 19세기, 유럽을 떠나 부에노스아이레스, 라 보카 항구에 자리 잡은 이민자들이 있었다. 그들은 홀로 고향과 가족을 떠나온 설움을 달래기 위해 서로 부둥켜안고 춤을 추었고, 거기에서 탱고가 태어났다. 애절하면서도 관능적이기까지 한 삶의 몸짓과 휘몰아치듯 격정적인 발놀림에 사람들은 빠져들었고, 그에 맞는 노래와 연주까지 갖추게 되었다. 탱고엔 미리 정해놓은 틀도, 꼭 맞춰야 할 박자도 없다. 몸 전체가 눈이 되어 상대의 작은 신호까지 세심하게 읽고, 깊이 교감하며, 서로 만들어가는 것이다. 몸이 아닌 가슴으로 추는 춤인 탱고는 이민자의 나라였던 아르헨티나를 상징하는 예술이다.

하늘　지금 내 눈앞에서 벌어지는 장면이 맞나?
　　　그런 생각이 계속 들어.

재홍　너무 멋있지.

서로를 바라보는 무용수의 눈빛이 어찌나 강렬한지, 없던 애절함마
저 생길 지경이다. 조명 밑 미세한 근육의 떨림과 호흡이 이렇게 아
름다울 줄이야. 눈을 감으면 반도네온의 여음이, 눈을 뜨면 춤의 여
운이 잔상을 남겨 쉬이 사라지지 않는다.

드디어 음악이 멈췄다. 곡이 여러 번 바뀌도록 춤을 이어가던 무용
수가 상냥하게 걸어왔다. 공연이 어땠냐고 묻는 그들에게 멋지다
는 말로는 모자라 엄지를 치켜들었다. 그것도 부족해 엄지에 엄지
를 잡고 쌓아 올렸다. 앉아만 있지 말고 나와서 사진 찍지 않겠냐는
제안에 언제 이런 날이 또 오겠냐며 냅다 일어나 탱고 포즈를 취했
다. 좋은 공연을 보여줘서 고맙다는 인사와 웃음을 나누고 나니 어
느덧 밤 11시 29분. 돌아갈 시간이 되었다.

Photo by 옹성우

Photo by 옹성우

나무 문을 열고 빠져나오자, 다시 부에노스아이레스의 일요일 밤이다.
끝나지 않을 것 같은 이야기는 여전히 비밀스럽게 이어졌고,
끝나버린 영화는 사라지지 않고 남아 가슴을 두드렸다.
조금씩 흩어지려는 여운을 붙잡으며,
잠시 잊고 있었던 봄바람을 맞으며,
우리는 산 텔모의 작은 모퉁이를 함께 걸었다.

오늘은 따로, 또 같이 여행했다.
혼자라서 사소한 것에 즐거웠지만,
함께일 땐 작은 것에도 더욱 감탄했다.

같은 시간에 같은 기분을 나눌 수 있다는 것.
역시, 좋은 시간은 함께 있는 지금이다.
오늘만큼 내일도 해피 투게더!

D(ive)-day

언제나처럼 누구에게나 찾아온 평화로운 아침이지만, 우리에겐 남다른 하루의 시작이다. 무심코 틀어둔 노래에서 흘러나온 가사가 '오늘은 가지 마'라니. 계단을 내려오다 카메라가 툭 떨어지질 않나, 하필 우리가 숙소를 나올 때 미끄러지기 딱 좋게 물청소 중이질 않나. 왠지 불길한 느낌을 애써 지우며 스카이다이빙 센터로 데려다줄 버스로 향했다.

성우   형, 선크림 발랐어요?

하늘   아니? 나 원래 선크림을 잘 안 발라.

성우   하늘에 올라가면 볕이 더 셀 텐데…

하늘   자유낙하 하는 45초만 견디면 되잖아.

성우   그 안에 다 타는 거 아니에요?

재홍   45초 동안 숨을 안 쉴 수도 있어.

하늘   45초 동안 기절할 수도 있어 나는. 같이 뛰게 돼서 좋아, 성우야.

성우   날씨도 좋은 것 같지 않아요?

하늘   응. 바람도 없는 것 같은데? 오늘 성우's day구먼.

재홍   거 스카이다이빙 하기 딱 좋은 날씨네~

'미세먼지'라는 단어 자체가 없을 것 같은 맑은 하늘 아래 버스가
출발했다. 부에노스아이레스에서 130킬로미터 떨어진 스카이다이
빙 센터에 가려면 차로 2시간 정도를 달려야 했다. 기사님의 휴대
폰이 울리고, 알아들을 수 없는 스페인어가 들렸다. 우린 바로 그의
통화를 유추하기 시작했다.

재홍   여보세요? 여보세요?
        강풍이 심해서 스카이다이빙은 안 되겠는데?

하늘   아니, 그래도 센터에 오고 있는 사람들이 있잖아.
        그럼 어떻게 해.

성우   날면 죽어.

재홍   일단 차 돌릴 수 있는 데서 한번 돌려볼게.

하늘   지금 고속도로를 타서 말이야.
        돌릴 데가 없는데. 유턴을 못 해, 여기.

성우   국도로 빠져, 국도로.

아무렇지 않은 척했지만 기침처럼 터져 나온 속마음에 실컷 웃는
동안 무뚝뚝했던 회색 풍경은 어느새 푸른 들판으로 변해 있었다.
이제 우리 앞엔 티 하나 없는 하늘과 아득하게 펼쳐진 들판뿐! 떨
리는 마음도 모르고 온통 평화롭기만 한 풍경을 지나 스카이다이
빙 센터에 도착했다. 언제든 떠날 준비가 된 비행기가 날개를 활짝
펴고 우리를 맞는다. 넓게 뻗은 활주로에는 경비행기가 날아오르고
저 위 3,000미터 상공에선 사람들이 망설임 없이 몸을 던진다. 파
란 하늘에 떠 있는 색색깔 낙하산과, 쫄깃해진 심장을 달래며 내려
온 다이버들로 이곳은 활기차기만 하다.

센터 사장님께서 안내해주신 곳으로 들어가 영어가 잔뜩 쓰인 동
의서를 받았다. 요약하자면 일어날 수 있는 위험을 이해했고, 사고
가 나도 받아들이겠다는 것! 키 190센티미터, 몸무게 95킬로그램
이하만 가능하다는 안내도 있었다. 붓글씨도 이렇게 안 써본 것 같
은데… 한 자 한 자, 서명하는 펜 끝이 무겁다. 우리, 괜찮겠지?

재훈   같이 여행하는 동안 참 감동적인 시간이었고요…

하늘   그래도 형님, 동생과 이런 영상을 남길 수 있어서 영광입니다.

성우   형님들, 왜 그러세요~

하늘   96킬로그램까지만 찌울걸.

재훈   2미터까지만 클걸.

잠시 실없는 상상에 빠지는 동안 직원이 다가왔다. 스카이다이빙 과정과 함께 주의사항을 알려주더니 이어 충격적인 사실을 전했다. 한 비행기당 탈 수 있는 인원이 제한되기 때문에 2명과 1명, 이렇게 나눠 타야 한단다. 그러니까 우리 셋이 함께 뛸 수 없다는 거다. 어제까지만 해도 살아도 같이 살고, 죽어도 같이 죽자고 그렇게 마음을 다졌는데… 당황스러움도 잠시, 이미 어쩔 수 없는 상황을 붙들고 늘어질 수 없다. 이럴 땐!

"엎었다, 뒤집었다!"

재홍

정신을 차려보니 하늘이와 성우가 내민 손등 사이로 내 손바닥만 덩그러니 하늘을 보고 있었다. 찰나의 선택이 목덜미를 내리쳤다. 이왕 이렇게 된 거, 내가 먼저 뛰겠다고 호기롭게 던져버렸다. 이런 내 맘을 아는지 모르는지, 한쪽에선 이륙을 위한 준비가 한창이다. 매캐한 항공유 냄새를 풍기며 비행기 연료통이 채워지고, 흠이 난 곳은 없는지, 단단하게 조여 있는지 꼼꼼하게 정비되었다. 낙하산에 안전하게 매달려 떨어질 수 있는 장비인 하네스까지 착용하니 이제 땅에서 해야 할 준비는 끝났다. 우리가 함께 뛴 오늘을 기념하기 위해 양 손바닥에 글씨를 적어 사진에 남기기로 했다. 나는 '트'와 '래', 하늘이는 '블'과 '러', 그리고 성우는 '아르헨'과 '티나'. 파란 하늘을 배경으로 손바닥을 편 사진을 모으면 메시지가 완성되는 거다. '트'와 '래'를 꼭 쥔 채 비행장으로 향했다. 가까이에서 보니 비행기가 더 작게 느껴진다. 내가 어쩌다 지금 여기에 있는지 모르겠다. 나와 한 몸이 되어 뛰어주실 강사 다이버와 피디님이 비행기 앞에 모였다. 하늘 위에서 나 외로울까 봐 같이 뛰어주기로 해 준 피디님, 잊지 않을게요.

프로펠러가 우렁차게 돌아가는 비행기에 올라탔다. 가뜩이나 떨리는데 왜 콧물까지 흐르는지… 쓱 닦아보니 콧물이 빨갛다. 이건 코피다! 무슨 일이 벌어진 거지? 극도로 긴장한 탓인가? 스트레스가 만병의 근원이라는 그 누군가의 말이 사무친다. 피를 멈추고 출발해야 할지, 휴지로 틀어막고 출발해야 할지 고민하던 찰나, 비행기 문이 닫혔다.

하늘

간단하게 배를 채울 샌드위치를 사서 성우와 함께 벤치에 자리 잡았다. 비행기 이륙을 가장 잘 볼 수 있는 VIP석이다. 곧 하늘에서 뛰어내릴 상상을 하며 빵을 베어 무는데, 재홍이 형이 코피를 흘렸다는 소식을 들었다. 기압 차이 때문일까? 아직 비행기는 뜨지도 않았다. 고도 0미터에서 재홍이 형이 코피를 흘리고 있다. 어떻게 하지? 형, 괜찮나? 비행기가 활주로에 오른 걸 보니 큰일은 아닌 것 같기도 하고. 곧, 속도를 높인 비행기가 날아올랐다.

"재홍이 형!
¡ Muy bien 정말 좋아!
¡ Muy bonito 정말 예뻐!"

전해질지 모르겠지만, 아는 스페인어 중에 좋은 뜻을 가진 문장을 모두 모아 형에게 소리쳤다.

재홍

비행기가 비행장 주변을 선회하며 서서히 고도를 높이는 사이 다행히도 코피가 멎었다. 하늘에서 피를 흩뿌릴 일은 없겠구나 싶어 안심하는데, 저기요 강사님? 지금 주무시는 건가요? 그를 흔들어 깨우자 웃으며 괜찮다고 엄지를 들어준다. 나에게는 여행이고 도전이지만 그에게는 일상이며 사무일 것이다. 매일같이 뛰는 거라 익숙하다는 걸 알면서도 처음인 나에겐 괜히 불안하기만 하다. 비행기로 슝~ 올라가서 확! 뛰어내리고, 와~ 하며 빨리 끝냈으면 좋겠구먼. 다이빙 지점까지 올라가는 데에 이렇게 오래 걸릴지 몰랐다.

어느새 3,000미터 높이에 다다랐는지 기내가 갑자기 분주해졌다. 나와 함께 뛸 강사 다이버가 본인의 하네스와 내 하네스를 고리로 연결했다. 고글을 야무지게 고쳐 쓰고, 나와 운명을 함께할 그의 무릎 위에 바로 앉았다. 여기까지 왔으면, 그냥 앞만 보고 가는 거다! 같이 뛰어내릴 촬영 다이버도 능숙하게 준비를 마쳤다. 문틈에 끼워둔 패드를 빼자 밀려드는 바람에 순식간에 공기가 뒤바뀌고 솜털까지 곤두선다. 함께 탄 피디님이 먼저 문 쪽으로 가더니 뛰어내렸다. 아니다. 눈으로 따라잡기도 전에 시야에서 없어졌으니까 뛰어내렸다고 결론지은 거다. 괜히 봤다. 더 떨린다. 곧바로 강사님과 함께 문에 걸터앉았다. 눈앞이 아득해지고 심장이 펄떡펄떡 날뛴다. 아… 정신머리가 바람에 날아가는구나~

갑자기 몸이 앞으로 기울었다. 그리고 뚝 떨어졌다. 입으로 밀려드는 공기에 막혀 숨이 안 쉬어지고, 손바닥의 '트'와 '래'는 펼쳐야겠고, 심장이 제 박자로 뛰는지도 모르겠고, 몸은 프로펠러처럼 빙글빙글 돌고, 고글은 날아가고, 앞은 안 보이고, 그렇게 모든 게 알 수 없이 흘러가는 사이 낙하산이 펴졌다. 벌써 45초가 지난 것이다. 바람 소리가 가득했던 세상이 순간 조용해졌다. 저 발밑으로 새가 보인다. 내가 새보다 높이 날고 있다!

드디어, 해냈다! 그리고 바로 다짐했다.
이건 내 인생 처음이자 마지막 스카이다이빙이다!

성우

구름 한 점 없이 파랗기만 한 하늘을 샅샅이 뒤졌다. 저 멀리 좁쌀
만 한 노란 점이 보인다! 낙하산 형체를 알아볼 수 있을 만큼 땅에
가까워지자 형의 환호성도 들린다. 오~ 걱정했던 것보다 괜찮은
데? 땅에 내려온 재홍이 형을 향해 달려갔다. 지금 얼마나 뿌듯하
고 후련할까? 만세를 부르는 형의 모습은 영락없이 챔피언이다. 멋
지다, 우리 형!
'아름다워', '어마어마해', '말로 표현할 수 없는 경험'.
툭툭 내뱉은 형의 소감이 아직 와닿지 않지만, 곧 느낄 수 있겠지.
짧았던 만남도 잠시, 한껏 여유로워진 형에게 VIP 관중석을 소개해
주고 하늘이 형과 함께 비행기에 올랐다. 이번엔 우리 차례다.

다이빙 포인트로 향하는 동안 지난 시간이 스친다. 해외를 갈 때마
다 찾았던 버킷리스트다. 없어서 못 했고, 있어도 날씨 탓에 돌아섰
다. 상상만 해왔다. 뛰어내리고 나면 어떤 기분일까. 뒤를 돌아보니
하늘이 형이 웃고 있다. 기꺼이 함께해준 형의 손을 잡았다.
　"OK, my friends. Get ready to jump."
강사님이 말했다.

하늘

두 발이 덜렁덜렁 허공에서 흔들린다. 비행기 문에 앉아 있다기보단 뒤에 있는 강사님께 매달려 있다고 표현하는 게 맞을 것 같다. 3,000미터 위에서 바라본 땅은 너무 멀어서 얼마나 높은지 실감조차 나질 않는다. 이제 몸을 조금만 숙여도 저 밑으로 떨어진다.

"¡Vamos 가자!"

한마디 외침과 함께 몸이 거꾸로 돈다. 그리고 내가 알던 세상이 뒤집힌다. 파란 하늘이 발아래, 푸른 바다가 머리 위에. 이제껏 본 적 없는 세계가 주는 놀라움을 채 다 소화하기도 전에 또 세상이 돌아간다. 눈 깜박할 사이에 모든 것이 변한다. 살면서 처음 겪어본 45초가 지나 낙하산이 펴지고, 강사님이 내게 말한다.

"Welcome to my office 내 사무실에 온 걸 환영해."

그의 말 한 마디가 머리와 심장에 꽂혀 전율이 흘렀다. 시간이 잠깐 멈췄다. 낙하산 하나가 전부인 그의 사무실은 세상에서 가장 높고, 넓고, 무엇보다 전망이 끝내준다. 성우의 낭만에 함께 있어 준다고 생각했는데, 성우 덕분에 인생에서 한 번 와볼까 말까 한 사무실에 놀러 온 거다. 웃음만 나온다.

성우

문에 있던 하늘이 형이 눈앞에서 순식간에 사라졌다. 나도 저렇게 떨어지겠지? 강사님께 기댄 채 배운 대로 고개를 뒤로 젖혔다. 곧 내 눈앞에 펼쳐질 풍경을 상상하자, 기대와 동시에 울컥 긴장이 차오른다. 다리가 쑥 빠지는 느낌과 함께 고함이 터져 나왔다. 뛰었다. 진짜 뛰어내렸다. 나를 하늘에 잡아둘 기계 없이 몸이 떠 있다. 내가 떨어지는 게 아니라 아르헨티나가 내게 다가오는 것 같다. 가슴에 접어두었던 두 팔을 펼쳐 더 힘차게 세상을 안았다.

아쉬워할 새도 없이 낙하산이 펴지고, 몸이 붕 떠올랐다. 눈에 담기는 전망에 기가 막힐 줄 알았는데, 이런. 빠르게 높아지는 기압에 적응하느라 귀가 막혀버렸다. 손가락으로 코를 집고 두 볼에 공기를 넣어 막힌 귀를 뚫었다. 골반을 조였던 하네스도 몸을 좌우로 움직여 편하게 조절했다. 이제 남은 건? 내 버킷리스트를 즐기는 것뿐!

Photo by 옹성우

오랜 시간 동안 나의 마음 한편을 붙잡고 있었던 스카이다이빙.
온 지구가 다 내 편인 것만 같은 이 순간,
벅찬 가슴을 부여잡고 공중에서의 시간을 만끽해본다.

하늘에서 한 명씩 떨어졌던 우리가
낙하산을 벗고 다시 만났다.

재홍   어마어마하지?

하늘   어디서도 해볼 수 없는
       경험인 것 같아요.
       고소공포증이 있든 없든
       해봐야 하는 거 같은데?
       하늘에서 시간이 멈춰 있어.

재홍   아무 소리도 안 들리지?

성우   아르헨티나가 여기 가슴 안에
       들어왔어요.
       손바닥 펴고 미션 수행했어요?

하늘   그럼, 정확하게 했지.
       다시 한번 할까?

가시지 않는 여운을 붙잡고 한참 이
야기를 나눴다. 모두에게 처음이었던
스카이다이빙은 오래 지니고만 있던
낭만이었고 살아온 세상을 뒤흔들 만
큼 큰 결심이었으며 함께하고 싶다는
마음이었다. 쉽게 경험할 수 없는 그
짜릿한 여행을 함께한 우리는 좀 더
끈끈해졌다.

아르헨티나 갈비찜

마음고생한 몸엔 선물을 줘야 한다. 아르헨티나 아사도도, 피자도 맛있지만 오늘같이 정신이 쏙 빠졌을 땐 고향의 맛만큼 힘이 되어 주는 게 없겠지. 하늘에 날려버린 기력을 되찾아오기 위해 숙소 근처 한식당을 찾았다.

재홍   스카이다이빙 했으니까 이제 맘껏 먹자.

하늘   이거는 안 먹을 수가 없는 메뉴들이야.

재홍   나는 지금 갈비찜에 꽂혔어.
　　　　아르헨티나 소고기로 만든 갈비찜.

하늘   나는 순두부 먹을래요. 순두부찌개.

성우   저는 김치찌개!

하늘   형은 육전이랑 갈비찜 들어오세요.

재홍   그럴까? 같이 나눠 먹으면 되겠다.

성우   잡채 하나 있으면 좋지 않을까요?

하늘   어떡해. 다 맛있을 것 같아.

메뉴판에 적힌 글자마저도 맛있게 보여서 침이 고이는데, 그중 몇 개만 고르는 게 쉽지 않다. 어디 한번 목젖까지 채워보자는 기세로 육전, 갈비찜, 순두부찌개, 김치찌개, 잡채, 그리고 사장님의 추천 해물짬뽕라면을 주문했다. 사람은 셋인데, 음식은 여섯 가지다. 아는 맛이기에 더욱 기다리기 힘든 시간, 한국의 아름다운 문화, 밑반찬부터 식탁에 올라왔다. 아삭한 배추를 씹자 입안에 퍼지는 젓갈과 고춧가루 맛에 절로 눈이 뜨인다. 밑반찬과 함께 하늘에서 뛰어내렸던 오늘의 모험담을 양념 삼아 위장을 달래는 동안 음식이 차례로 나왔다.

재홍 갈비찜, 장난 아냐.

하늘 와, 이거 순두부 내가 진짜 좋아하는 순두부다. 순두부 킬러거든
내가. 보면 알아. 순두부찌개에 두 가지 부류가 있어. 진한 느낌과
약간 묽은 느낌. 진한 느낌 중에서도 순두부가 이렇게 흩어져
있거나 큰 덩어리 두세 개 들어간 게 있어요. 내가 진짜 좋아하는 게
딱 이거거든요. 미안한데, 이과수에 나는 빼고 가요. 나는 이 맛집에
좀 더 머물러야 할 것 같아.

성우 여기서 매일 먹어도 되겠다.
나와 있어서 맛있는 건가, 아니면 진짜 한국보다 맛있는 건가.

재홍 이성적으로 맛있어. 그냥 맛있는 거야.
지금 스카이다이빙 생각은 안 나지 않아?

하늘 웃음이 나오네. 웃음이 나와.

재홍 나는 여행지에서 한식당을 찾는 편은 아니야. 그 나라 음식을 한
끼라도 더 먹고 싶어서, 이국적인 맛을 더 느끼고 싶어서 가능한 안
가려고 하거든. 그리고 우리가 부에노스아이레스에 온 지 오래돼서
한식이 그립고 사무치는 것도 아닌데… 왜 이렇게 맛있지?

성우 이렇게 다양한 맛을 한꺼번에 느낀 건 진짜 오랜만인 것 같아요.

아르헨티나 소고기로 만든 갈비찜에 바다 향을 품은 해물라면, 푸짐하게 고명을 얹은 따뜻한 잡채와 칼칼하게 시원한 순두부찌개, 푹 익힌 김치찌개, 감칠맛 나는 소스와 채소를 얹은 아들아들한 육전까지. 목으로 넘기지 않아도 위장에서 절로 잡아당기는 한국의 깊은 맛이다. 먹기도 바쁜데 감탄이 절로 나와서 입이 쉴 틈 없다. 이 맛을 도저히 그냥 넘길 수 없지. 대체 지구 반대편에서 한식으로 사람을 감동시키는 사장님 정체와 비법이 무엇인지 여쭈었다. 분명 한국에서 수십 년은 요식업에 계셨겠거니, 대대로 전해 내려오는 비법을 숨겨두셨겠거니 했는데,

"우리 어머니가 요리를 잘하셔요."

이렇게 간단명료할 수가! 솜씨 좋은 어머니에게 배운 거란다. 열 살에 한국을 떠나 이민온 지 42년째라는 사장님. 요리라는 게 배운다고 그렇게 쉽게 할 수 있는 것이 아닐 텐데요. 사장님은 아르헨티나 땅덩이가 워낙 넓어 소도 풀어 키우고, 기후가 다양해 식재료가 좋다며 겸손을 덧붙이셨다. 그리고는 앞으로 여행할 도시에서 먹으면 좋을 음식까지 세심하게 추천해주셨다. 이렇게 우리 입에 착 들러붙는 손맛을 가진 사장님 추천이라면 믿고 가는 거지!

한국인의 정을 뜨겁게 받으며 다시 식탁에 집중했다. 평생을 먹어온 한식인데, 돌아서면 또 생각날까 봐 싹싹 긁어먹고 나니 발끝까지 짜릿함이 퍼져 나간다. 스카이다이빙 하느라 집 나갔던 기력이 차올라 이미 한도 초과다. 한 번 더 뛸 수 있을 것 같은데?

조식 찾아 삼만리

<u>하늘</u>

여행 4일 차 아침이 밝았다.

오늘은 이곳을 떠나 새로운 여행지 푸에르토 이과수로 이동할 예정이다. 비행기 시간에 늦지 않으려면 적어도 9시엔 숙소를 떠나야 한다. 그전에 한 가지 미션이 있다. 함께 먹을 조식 사 오기! 공항 가랴, 수속 밟으랴. 밥 먹을 시간도 없을 텐데 숙소에서 출발하기 전 제대로 된 아르헨티나식 조식 한 끼 해야지.

부지런히 배낭을 싸 놓고, 고풍스러운 계단을 내려가는데 벽면에 쓰인 단어가 눈에 들어온다. SALIDA. 출구라는 뜻이다. SALIDA, 살리다! 계단으로 걸어 다니면 내 건강도 살리다, 많은 생명을 살리다! 들어줄 이가 없어 외로운 말장난을 날리며 환한 태양 빛이 반겨주는 거리로 나왔다.

목적지는 숙소에서 엎어지면 코 닿는 거리에 있는 한 카페. 오늘의 조식 필수 메뉴는 바로 얼음이 동동 띄워진 커피 한잔이다! 발랄하게 주문을 마쳤건만 애석하게도 아이스커피가 없다는 비보가 돌아왔다. 두 번째로 찾아간 가게에서도, 그 다음 가게에서도 직원들의 대답은 한결같았다.

"노 아이스커피!"

이것 참… 이 시간에 부에노스아이레스 골목을 방랑하게 될 줄 알았던가. 부랴부랴 간판들을 살피는데 저 멀리 익숙한 형체 하나가 포착됐다. 노랗고 빨간… 전 세계 어디에서나 같은 맛을 내어주는 프랜차이즈 햄버거 가게다. 저기라면 아이스커피가 있을 텐데. 그래! 앞으로도 현지식 아침을 먹을 기회는 많을 테니까! 빠른 합리화를 마치고 당당하게 가게에 입성했다. 그리고 아이스커피 세 잔과 함께 햄버거 세 세트까지 주문했다. 숙소로 돌아가는 양손이 무거운 만큼 내 마음도 든든하다.

124

Adiós 부에노스아이레스

비행기 시간에 늦지 않도록 잽싸게 짐을 싸고 숙소 밖으로 향했다. 물론 두 손에는 햄버거 세트를 꼭 쥐고 말이다. 햇빛에 얼굴이 익는 느낌마저 좋은 아침. 며칠 만에 정들어버린 숙소 앞 거리와 첫 아사도를 먹었던 레스토랑을 눈에 담으며, 대로변에 도착했다. 금세 도착한 택시에 배낭을 싣고 뒷좌석에 쪼르륵 자리 잡았다.

재홍   부에노스아이레스 어땠어?

하늘   현실감이 없어요. 그 정도예요.

재홍   저 보랏빛 허카란다가 이 도시의 인상에 크게 한몫하는 것 같아.

첫 만남은 언제 어느 때나 중요한 법. 노래가 절로 나올 만큼 첫 여행지와의 만남은 즐거웠다. 앞으로 다가올 일정들도 기대되는데? 어디 보자. 우리에게 남은 여행지가… 이과수폭포, 페리토 모레노 빙하, 피츠로이, 우수아이아!

재홍   오늘 아침에 짐을 챙기면서 그런 생각이 들었어. 지금부터 진짜다.

성우   맞아요. 대자연을 보는 건 이제 시작이니까.

하늘   여기까지는 뭐라 그럴까. 애피타이저, 맛보기.

재홍   전채 요리, 스타터!

이제부터는 아주 맛깔나게 차려진 메인 디쉬 한 상이 기다리고 있겠구나! 그 짜릿한 맛이 아주 기대되는걸? 앞으로 남은 굉장한 여정을 상상하다 행복해질 무렵, 국내선 공항에 도착했다. 탑승 수속을 무사히 마치고 공항 휴게실에서 맛있는 아침 식사도 마친 뒤, 비행기에 몸을 실은 지 두 시간 정도 지났을까? 도착할 때가 된 건지 작은 창 너머로 보이던 도시는 온데간데 흔적도 없이 사라지고 다른 세계로 넘어온 듯 짙은 녹색 정글만 눈에 보인다.

PUERTO IGUAZÚ

아르헨티나 북쪽 미시오네스주에 위치한 작은 도시. 이과수폭포를 사이에 두고 브라질, 파라과이와 국경을 맞대고 있다. 아열대기후에 속해 강수량은 많지만, 겨울에도 따뜻한 날씨를 자랑한다. 푸에르토 이과수에서 이과수 국립공원까지 거리는 약 18킬로미터. 가까운 거리 덕분에 세계 3대 폭포 이과수폭포로 향하는 거점 도시 역할을 하고 있다.

처음 만난 세계 이과수

이과수 공항에 도착하자, 시원한 빗줄기가 쏟아지고 있다. 배낭을 찾고 공항 내부에 있는 버스 매표소에서 시내버스 티켓을 구입했다. 정류장을 향해 공항 건물 밖으로 나서자 신기하리만치 모든 것이 확 달라져 버렸다. 온몸을 휘감는 습한 공기와 포근한 온도, 흐린 날씨. 꼭 동남아의 휴양지로 여행을 온 듯하기도, 영화 〈쥬만지〉의 한 장면 속으로 떨어진 것 같기도 하다.

얼마쯤 기다렸을까. 곧 도착한 시내버스는 촉촉이 젖은 길을 따라 이과수 도심으로 출발했다. 유리창 건너편 길 곳곳에 세워진 야생동물 주의 표지판을 보니, 완벽하게 새로운 세계로 건너왔다는 사실이 실감 난다. 마치 정글 속에 불시착한 것만 같다. 한참을 달려도 보이는 건 낮게 내려앉은 회색빛 하늘과 우거진 밀림뿐. 저 깊은 숲속 어딘가 보물 같은 풍경들이 숨겨져 있겠지?

버스는 열심히 달려 숙소 앞에 우릴 내려주었다. 첫 숙소에선 방을 따로 썼지만, 이과수에선 다 같이 한 방을 쓰게 됐다. 앞으로 알게 될 서로의 사소한 버릇과 잠꼬대가 궁금해지는걸? 하지만 시작부터 난관이다. 우리, 문 앞에만 서면 왜 이래? 부에노스아이레스의 숙소에서도 현관문을 못 열어 고생이었는데, 이번 숙소도 문을여는 데 한 세월이 걸렸다. 그렇게 열린 문 너머엔 보상이라도 하듯녹색과 붉은색이 뒤섞인 푸에르토 이과수의 멋진 시가지가 펼쳐졌다. 방금 전의 해프닝 따위는 기억 속에 삭제된 지 오래다.

재홍　우와, 전망이 너무 좋다. 진짜 처음 보는 전망 아니야, 이거는?

하늘　여기 처음 오지 않아요? 그래서 아마 형이 처음 보는 전망일걸요?
　　　ㅎㅎ

재홍　어쩐지 처음 보는 전망이었어. *I can show you the world~*

끝내주는 전망을 두고, 우리는 잠시 버스 터미널에 다녀왔다. 내일이과수 국립공원에서 보트 투어를 하려면 예약이 필수다. 친절한직원의 도움으로 예약을 무사히 마치고 숙소로 복귀해 이동의 고단함을 씻어냈다. 그렇게 새로운 여행지에서의 첫날 밤이 막을 내렸다.

조식을 먹는 세 가지 방법

하늘
씻기 전에 조식부터 먹어야 진정한 조식 마니아다. 식당에 도착하면 테이블 위 음식들을 한 바퀴 스캔한다. 그리고 접시 위에 한가득 음식 탑을 쌓아 먹는 재미!

재홍
식사는 목욕재계 후에 하는 게 진리. 어떻게 먹을지 구상하며 성심성의껏 담아온 음식들을 나만의 취향으로 재조립해 먹는다! 아르헨티나 사람들이 사랑한다는 마테차도 빼놓지 말아야겠지?

성우
조식이 뭐 그리 중요한가? 하루의 시작은 무조건 운동이다. 그래도 허기는 달래야 하니까 식당이 문 닫기 직전 재빨리 뛰어가 남은 음식들로 배를 채우면 식사 끝.

세계 3대 폭포 중 하나인 이과수폭포 Las Cataratas del Iguazú를 만나러 가는 날이 밝았다. 12월에서 2월, 현재 이과수폭포 지역은 우기에 들어섰다. 몇 배로 늘어난 수량 덕택에 폭포는 평소보다 더 굉장한 풍경을 보여주겠지만, 우리에게는 날씨 점검이 필수라는 뜻과 같다. 숙소를 나서기 전 오늘의 일기예보를 확인하고, 멋진 풍경 앞에서 활약할 망원경도 테스트했다. 작은 유리알 속에 커다랗게 담길 폭포 생각에 우리도 모르게 들떴나? 느닷없이 만담 콤비가 결성됐다.

재홍　오늘 비 온다더니 날씨 괜찮은데?

성우　비가 오면 물이 불어나서 더 좋겠죠?

재홍　그렇지. 더 멋있을 것 같지 않아?

하늘　폭포 쪽에 가면 비 오는 것처럼 물이 막 날릴 텐데.
　　　망원경으로 보면 악마의 목구멍 목젖까지 다 보이겠어요.

재홍　식도 지나서 위까지도 보이겠어.

하늘　위 밑바닥까지 볼 수 있을 것 같은데요. 하하하.

재홍　오~ 악마가 부끄럽겠는데.

하늘　용종은 있나, 없나~ 악마의 목구멍 내시경하러 갑시다.

시가지 중심부에 있는 터미널로 이동해 버스에 탑승했다. 푹신한 의자에 안기자 한 시간이 후딱, 벌써 이과수 국립공원이다. 레드 카펫만큼 강렬한 붉은색 흙바닥을 지나쳐 매표소의 직원에게 입장료를 지불하자, 악마의 목구멍이 그려진 연두색 입장표가 돌아온다. 소장 욕구가 샘솟는 멋진 디자인이다.

곧 우리 앞에 등장할 엄청난 물의 집합체, 비경을 자랑하는 이과수는 이곳 원주민 언어로 '거대한 물'을 뜻한다. 평균 낙차는 70미터로 아파트 20층 높이에서 거대한 물이 떨어지는 것과 마찬가지. 아르헨티나와 브라질 국경을 따라 이어진 약 300여 개의 크고 작은 폭포는 초당 6만 톤가량, 말 그대로 어마어마한 물을 쏟아낸다. 같은 폭포지만 브라질 쪽에선 병풍처럼 펼쳐진 물줄기를 넓게 볼 수 있고, 아르헨티나 쪽에선 이과수폭포의 하이라이트, 악마의 목구멍을 좀 더 가까이 보면서 땅을 울릴 듯한 폭포의 힘을 느낄 수 있다.

국립공원의 초입에서 오늘의 계획을 확인할 겸 지도를 둘러봤다. 높은 위치에서 폭포를 내려다볼 수 있는 산책로 '어퍼 트레일'부터 보다 낮은 위치에서 떨어지는 물줄기를 직접 느껴볼 수 있는 '로어 트레일', 명성이 자자한 '악마의 목구멍'을 코앞에서 만나볼 수 있는 코스 등 다양한 선택지가 포진해 있다. 대충 흘겨봐도 얼마나 대단한 규모인지 단박에 알 수 있다.

우리는 폭포를 가장 가까이에서 만날 수 있는 코스를 선택했다. 먼저 '그린 트레일'을 걸으며 중심부로 이동해 '로어 트레일'에서 이과수와의 첫 만남을 가질 것이다. 그 다음 기차역에서 열차를 타고 가 폭포 가장 깊숙한 곳에 있는 '악마의 목구멍'을 제대로 느낀 뒤, 폭포 바로 아래까지 들어가는 '보트 투어'를 마지막으로 이과수 여행을 완벽하게 마무리할 예정이다.

photo by 옹성우

그린 트레일

사방에서 풍기는 싱그러운 풀 냄새에 매미 소리까지 더해졌다. 울창한 나무 터널이 줄지어 나타나는 그린 트레일로 입성하자, 원초적인 자연의 기운이 느껴진다. 여기엔 원숭이도 많다던데… 이곳에서 자유롭게 뛰어놀고 있을 동물 친구들이 궁금해진다. 그때 머리 위로 낯선 언어가 들려왔다. 원숭이 소리다! 가까이 와주길 바라는 마음으로 재빨리 원숭이 소리를 따라 해보지만, 접선은 실패다.

하늘　신기하다 진짜. 저 길을 통과하니까 다른 세상으로 들어온 것 같은 그런 느낌이죠? 진짜 밀림 한가운데 있는 기분이야.

재홍　새소리를 이렇게 많이 듣는 게 오랜만인 것 같아.

하늘　한국의 산에서 볼 수 있는 나무랑 다르다. 그게 너무 신기해.

구부러진 길을 돌면 이번엔 푸른 숲이 펼쳐진다. 우리는 가던 길을 멈추고 아름다운 풍경을 카메라에 담았다. 허리를 꺾어가며 우거진 나무를 촬영하고, 녹색 터널 아래에서 서로의 모습도 남겼다.

Photo by 홍성주

그린 트레일 끝자락에 도착하자 공원 내의 다른 역으로 이동할 수 있는 기차역, 센트럴 역이 나타났다. 역 곳곳에 마련된 테이블에서 쉬어 가는 여행자들이 한가득이다. 그런데 그들 사이를 분주하게 비집고 다니는 귀여운 녀석이 눈에 띈다. 보송보송한 갈색 털을 가진 녀석은 너구리과에 속하는 '코아티'로, 외모와 다르게 까칠한 성격으로 악명 높다. 먹이를 주거나 만졌다가는 공격당할 수 있다는 무시무시한 경고판이 곳곳에 세워져 있을 정도. 우리 앞에서도 갑작스럽게 싸움을 벌여, 혼비백산하게 만들기도 했지….

코아티에 이어 마주친 또 다른 동물은 '아르헨티나 테구'. 남아메리카에 자생하는 대형 도마뱀이다. 화려하고 거친 줄무늬와 어기적어기적 움직이는 네 다리가 인상적이다. 긴 꼬리를 바닥에 끌며 느릿느릿 걷는 게 딱 봐도 일어난 지 얼마 안 된 우리 모습이다. 이과수 구경은 아직 제대로 시작도 안 한 것 같은데, 벌써 이렇게 이국적이라니? 여기 빠져들지 않으려야 않을 수가 없다.

로어 트레일

하늘 나는 비 오는 이과수를 정말 느껴 보고 싶어. 멋있을 것 같죠?

재홍 비를 좋아해?

하늘 엄청 좋아해요. 비 맞는 걸 너무 좋아해서 집에 우산이 없어요.
비 오는 날 나갈 때는 비를 맞아도 되는 옷을 입고 나가,
약속 장소에서 옷을 갈아입어요. 집에 있을 때 비가 오면,
옥상에서 비 맞고 내려오기도 하고.

무성한 숲도 멋지지만, 비가 오면 더 멋진 풍경이 깨어날 것만 같
다. 비 오는 이과수를 꿈꾸며 로어 트레일을 걷기 시작했다. 우리의
발자국 수가 늘어나면서, 서서히 폭포도 제 몸의 일부를 드러냈다.
숲의 틈바구니로 강을 향해 떨어지는 작은 물줄기들이 보였다. 커
다란 암벽 사이로 떨어지는 폭포와 바람에 실려 날아가는 물방울
도 보였다. 기대감이 빵빵한 풍선처럼 부풀어 오른다. 아무래도 무
엇인가 본격적으로 시작될 것만 같다.

널따랗게 트인 전망대 근처에 도착하자, 병풍처럼 양쪽으로 길게 펼쳐진 이과수의 산마르틴 폭포Salto San Martin가 펼쳐졌다. 이과수에서 '악마의 목구멍' 다음으로 물의 양이 많은 폭포다. 온 세상의 물이 이곳으로 모이는 듯한 웅장한 규모에 말문이 막혔다. 크고 작은 수백 개의 물줄기가 흰 장막을 그려내고, 묵직하게 떨어지는 폭포수 사이 뿌연 물안개와 하얀 포말이 태어났다 사라지기를 반복한다. 그 사이로 세차게 날갯짓하는 새들을 보니, 이과수는 끝없이 부서지는 물보라가 숲을 적셔 만들어 내는 생물의 터전이구나 싶다.

photo by 옹성우

턱이 아플 만큼 입을 벌리고 바라보다 다시 트레일 위에 올랐다. 산
책로를 따라 걷는 것만으로도 다른 각도의 얼굴을 보여주는 산마
르틴 폭포. 현실감이 느껴지지 않아서일까? 앞으로 나아가야만 또
다른 풍경을 볼 수 있다는 걸 알면서도 자꾸만 지나치는 풍경에 시
선이 멈추고 걸음이 느려진다. 무거운 발걸음을 간신히 옮겨 산책
로 깊숙이 들어가는데, 어디선가 맹렬한 물소리가 들려 오기 시작
했다.

재홍   이 물이 다 어디서 오는 거야? 넋을 잃었어.

하늘   난 카메라를 가방에 넣었어. 이 풍경을 담을 수가 없을 것 같더라고.
      앞에 저건 뭐야? 하하하. 그냥 웃음이 나와.

재홍   정말 웃음밖에 안 나오네요.

지금까지 본 이과수폭포도 예고편에 불과했구나! 코앞으로 로어 트레일의 백미, 보세티 폭포Salto Bosetti가 나타났다. 위쪽에서 쏟아져 내린 폭포수가 바위에 부딪히며 꺾여 세찬 물보라를 만들어낸다. 이렇게 가까이에서 날리는 뽀얀 물보라라니… 그 물보라를 만져보려 산책로의 끝까지 걸어 들어갔다. 말 그대로 우리 눈앞에 폭포가 존재한다. 잠시 모든 감각을 곤두세워본다. 손을 뻗자 촉각의 끝에, 눈을 감고 귀만 열자 청각의 끝에 폭포가 내려앉는다. 폭포는 상상 했던 것보다 훨씬 포근하고 부드럽다.

> 하늘   이 폭포의 느낌은 악마의 목구멍에 비해
>   약 3분의 1 정도밖에 안 된대요.
> 성우   악마의 목구멍은 도대체 얼마나 대단하기에… 기대된다.
>   이보다 더 멋질 수 있다니.

이미 어마어마한 장관을 보여주는 이과수인데, '악마의 목구멍'은 세 배 더 멋지다니… 이곳의 수많은 폭포 중에서도 우두머리 자리를 차지하고 있다는 '악마의 목구멍'. 그 위용이 얼마나 대단할지 아직은 상상조차 되지 않는다.
'악마의 목구멍'을 보기 위해선 먼저 센트럴 역에서 작은 열차를 타고 '가르간타 델 디아블로' 역으로 이동해야 한다. 우리는 센트럴 역에 가서 차표를 구입했고, 거대한 물을 만나기 위한 준비를 마쳤다.

비 오는 날의 목구멍

낯선 여행자들과 마주 앉아 어색하게 시선을 나누는 사이, 기차가
출발했다. 약 20분 뒤면 드디어 악마의 목구멍으로 향하는 산책로
에 도착한다. 덜커덩거리는 열차 위에서 우리는 다른 여행객들과
친구가 되었다. 서로의 이름과 직업을 나누고, 미래의 여행 계획도
공유했다.

> 재홍 　난 5년 전에 빅토리아폭포에 다녀왔어요. 지금은 이과수폭포에
> 　　　왔으니, 5년 후에는 나이아가라폭포에 갈 거예요.

세계 3대 폭포를 모두 점령하겠다는 포부를 밝히는 동안, 열차가
멈췄다. 열차에서 하차한 승객들이 일제히 한 방향을 향해 걷기 시
작한다. 보는 이의 영혼마저 빨아들인다는 그곳, 악마의 목구멍을
향해 한 발짝 발을 내디뎠다. 그런데 이게 웬 행운이람? 발걸음을
떼자마자 거짓말처럼 비가 내리기 시작한다.

> 하늘 　아! 비 온다! 너무 좋아! 아아! 오 마이 갓, 아 너무 좋아.
> 성우 　형은 비 오면 변신하는 거 아니에요? 하하.
> 하늘 　나? 비 오면 흥분 지수가 높아져!

'비 오는 거리' '거꾸로 강을 거슬러 오르는 저 힘찬 연어들처럼'
'비처럼 음악처럼'… 올라가는 흥분 지수에 이놈의 주크박스가 멈
출 줄 모른다. 폭포에 대한 기대감 때문일까, 비오는 이과수 덕분에
느끼는 행복감 때문일까? 아나콘다가 살 것만 같은 푸르른 밀림.
나란히 비를 맞으며 앞으로 나아가는 발걸음이 가볍다.
기분 좋게 몸을 적셔오던 비가 점점 굵어진다. 왜 물안경을 챙겨오
지 않았을까, 실없는 후회를 하게 될 만큼 세찬 비다. 즐겁게 비를
맞던 모두가 재킷을 걸치고 가방을 숨겼다. 그리고 저 멀리에서 빗
소리인지 폭포 소리인지 모를 기묘한 소리가 아스라이 들린다. 시
야를 가리는 뿌연 빗줄기 사이로, 악마의 목구멍이 서서히 존재감
을 드러내기 시작했다.

하늘   재홍이 형, 보여? 성우야, 저게 보여?

성우   여기 이렇게 우리가 왔다는 게 말이 돼요?

재홍   어떻게 딱 비까지 오냐. 완벽하게.

하늘   와, 나 지금 너무 행복해.

산책로를 따라 깊숙한 곳까지 들어와야만 마주할 수 있는 이과수
폭포의 절정. 300여 개의 폭포 중 가장 웅장하고 경이로운 이곳은
악마의 목구멍Garganta del Diablo이다. 이 폭포를 1분 동안 보면 근심
이 사라지지만, 30분 동안 보고 있으면 영혼을 빼앗긴다고 해 '악
마의 목구멍'이라는 이름이 붙었다.

평온한 산책로를 걸을 땐 감히 상상조차 할 수 없었던 압도적인 풍광에 순식간에 빠져들었다. 귓전을 때리는 굉음과 함께 엄청난 양의 물이 안개 기둥 사이로 떨어지는 모습은, 아름다움을 넘어 경외감을 선사한다. 우리는 눈을 뜰 수 없게 몰아치는 비와 폭포의 맹렬한 폭발음에 맞서 잠시 포효하기도 했다. 그리고 각자의 방식으로 마음속에 악마의 목구멍을 담았다. 사진과 영상을 남기고, 바라보고, 또는 귀만 열어놓는 방식으로.

재홍   여기는 진짜 경이롭다는 생각이 들어.
　　　 이름을 진짜 잘 지은 것 같아. 악마의 목구멍.

성우   살면서 느껴 본 행복감 중에 톱 오브 톱.
　　　 베스트!

재홍   이런 풍경은 없어. 말이 안 돼.
　　　 빅토리아폭포는 몹시 아름다웠는데 여기는
　　　 너무 육감적이야. 아가 보세티 폭포는 되게
　　　 이국적이고 아름답다는 생각이 들었는데,
　　　 여기는 진짜 말이 안 되는 풍광인 것 같아.

하늘   나만 이걸 보고 있다는 게 아까워. 내가
　　　 아끼고 좋아하는 사람들 다 데리고 와서 다
　　　 같이 봐야 하는데.

여러 방향에서 떨어지는 물줄기들이 모여 '악마의 목구멍'의 경이
로운 풍광을 완성한다. 물줄기의 바깥으로 튕겨져 나온 물방울들은
마치 고속 카메라로 촬영한 것 마냥 아주 천천히, 깊이를 알 수 없
는 어둠 속으로 떨어져 내린다. 혹시 이 거대한 폭포에서만 다른 시
간이 작동하고 있는 건 아닐까? 다른 차원의 시공간에서 빠진 느낌
이다. 다시 현실로 돌아와 주변을 살피자, 세계 각지에서 모여든 여
행자들이 궂은 날씨에도 이 순간을 기억하기 위해 기념사진을 남
기는 모습이 보였다.

우리도 이곳에서 함께 사진을 찍었다. 돌아와 열어본 사진첩 안에
는 약속이나 한 듯 활짝 웃고 있는 우리가 있었다.

이곳의 한 표지판에는 '너의 언어로 묘사하려 애쓰지 말라'는 문장이 적혀 있다고 한다. 이보다 더 정확한 표현이 있을까? 세상의 어떤 말을 가져와도 이 풍광을 전달하는 건 불가능이다. 오롯이 폭포 그 자체에 집중하며, 곤두박질치는 물 사이로 지난 시름을 흘려보냈다. 두 다리와 두 눈, 생각까지도 다른 곳으로 돌릴 틈을 주지 않는 악마의 목구멍. 이곳에 영혼을 빼앗기지 않게 조심하라는 말이 이제야 이해가 간다.

한참 동안 쏟아지는 거대한 물을 보던 우리는, 악마에게 붙잡히기 전에 돌아섰다. 하지만 그곳에서 벗어난 후에도 오래도록 여운은 가시지 않았다. 꼭 악마에게 영혼을 주고 온 것 마냥 말이다.

재홍 빅토리아폭포와는 비교가 안 돼!

하늘 약간 당황스러워요. 내가 상상했던 것보다 너무 커서. 한국에 있는 유명한 폭포들을 찾아가면, 예쁘고 아름다웠지만 웅장한 건 아니었던 것 같거든요. 정말로 깜짝 놀랐어요.
무엇을 상상하든 그 이상을 보여주는 곳인 것 같아요.
계속 눈으로 잔상을 그려보고 있는데 잘 안 그려져요. 벌써 눈에서 사라지고 기억이 점점 안 나는 게 너무 아쉬워요.

photo by 안재홍

신기하게도 악마의 목구멍에서 멀어지면 멀어질수록 비도 잦아들
었다. 날씨의 신이 우리의 마음을 알고 도와준 게 아닐까? 비 내리
는 악마의 목구멍이라니… 벌써부터 옅어질까 두려운 이 순간을
잊지 않으려 다시 한번 곱씹어본다. 이번 여행에 쓸 운을 전부 여기
에 썼다 해도 아쉽지 않다.

그렇게 퍼붓던 비가 그치고, 재미있는 체험의 시간이 찾아왔다. 바로 보트 투어다. 이과수폭포를 온몸으로 느낄 수 있는 투어로 보트를 타고 들어가 폭포의 파노라마를 가장 가까이, 또 자세히 볼 수 있다. 게다가 이게 전부가 아니다. 보트 투어의 하이라이트는 바로 물줄기 속으로 들어가는 것! 그러니까 아파트 20층 높이에서 힘차게 떨어지는 폭포를 몸으로 부딪칠 수 있다는 거다.

가이드 Have a nice tour, family!

하늘 보트 투어 위험한 것 같은데? 안 가시는 거 보니까.
You don't go? Why?

가이드 My shower, only Sunday 난 일요일에만 샤워해요.
Hahahahahaha.

재홍 흠뻑 젖는다는 건데…

하늘 Like a shower?

가이드 Very nice wet.

엄청나게 근사한 샤워를 하게 될 거라는 그와 인사를 나누고 선착장으로 출발했다. 지금까지 발로 걸었던 국립공원과는 또 다른 밀림을 헤치고 달려 선착장 앞 정류장에 도착했다. 우리보다 먼저 투어를 마친 사람들이 한눈에 봐도 홀딱 젖어 있다. 불안한 마음으로 선착장을 향해 가는 길, 방수 가방과 구명조끼를 하나씩 받았다. 이제 곧 보트를 타고 폭포를 향해 강을 거슬러 올라간다. 여기 강물은 잔잔해 보이는데… 구명조끼도 있겠다 뭐, 큰일 나겠냐는 마음으로 가볍게 보트에 올랐다.

안전 요원의 출발 소리와 함께 보트가 폭포를 향해 천천히 나아가기 시작하더니 금세 속도가 붙었다. 곧이어 보트가 앞뒤로, 양옆으로 출렁인다. 아직은 별것 아니라며 여유를 부려보았지만, 앞 좌석 손잡이를 단단히 쥐어 잡았다. 떨어지는 물소리가 점점 가까워지는 듯하더니, 양쪽 물길에 폭포가 나타났다. 오른쪽은 산마르틴 폭포, 왼쪽은 악마의 목구멍으로 가는 길이다. 오른쪽으로 머리를 돌린 보트가 폭포에 다가가 멈췄다.

가장 낮은 높이에서 폭포를 바라보는 거대한 느낌, 아까 로어 트레일에서 봤던 느낌과는 또 다르다. 폭포에서 잘게 부서진 물방울이 뿌옇게 날아와 얼굴에 닿는다. 정면에서 바라본 폭포의 위엄에 잠시 할 말을 잃은 그때, 안전 요원들이 우비를 챙겨 입기 시작했다. 드디어 때가 온 것이다. 우리도 서둘러 방수 점퍼를 여몄다. 엔진 소리가 요란하게 커지더니 보트가 폭포를 향해 돌진했다. 눈앞이 온통 하얘지면서 곧 차가운 물벼락이 날아온다. 보트 위로 폭포가 쏟아졌다. 그것도 아주 흠뻑.

재홍   으하하하하하하하하하!

하늘   잠깐만!

성우   푸흡…

아… 이래서 샤워라고 했구나. 머리칼은 물론 속옷에서도 물이 뚝 뚝 떨어진다. 축축해진 여행자들과 함께 한마음으로 외쳤다.

여행자   Uno más!, Por favor ^{한 번 더 해주세요}!

재홍   ¡ Grande ^{크게요}!

성우   ¡ Por favor ^{부탁해요}!

하늘   덤벼!!!

용감하게 더 대단한 샤워를 부탁하자, 산마르틴 폭포를 떠나려던 보트가 다시 하얀 물보라 속으로 뛰어들었다. 또 한 번, 얼굴을 때 리는 물벼락! 속이 뻥 - 뚫린다! 따가워진 눈을 겨우 뜨고 헝클어진

머리를 정리하려는데 잠깐 걷힌 구름 사이로 해가 비치고 보트 옆에, 무지개가 떴다. 거리는 약 2미터 남짓. 무지개를 이렇게 가까이서 본 건 처음이다. 환호도 잠시, 보트는 무지개를 지나쳐 악마의 목구멍 쪽으로 향했다. 설마 악마의 목구멍에 들어간다고? 거기서 이 작은 보트가 견딜 수 있다고? 걱정이 무색하게 처음 보는 폭포 밑에 보트가 멈췄다. 악마의 목구멍은 아니어도 어마어마한 물줄기다. 보트는 곧장 폭포 밑으로 달려들었다. 말 그대로 'Grande' 물폭탄이 온몸에 쏟아졌다. 얼굴을 닦아도 닦아도 물이 날아와 흐르고, 귓구멍에 들이친다. 앞에 뵈는 것도, 정신도, 하나도 없다.

드디어 폭포 밑을 벗어나고 웃음이 터져 나왔다. 짧은 시간에 폭포 샤워를 세 번이나 했다. 선착장으로 돌아가는 길. 쫄딱 젖었지만 꼭 가야 할 곳도, 해야 할 일도 없으니 상관없다. 어릴 적 겁도 없이 소독차 뒤를 쫓던 희뿌연 추억과 하얀 폭포에 거침없이 뛰어들었던 오늘이 겹쳤다. 그리고 눈이 부셨다.

하늘   우와, 햇빛!

166

잔뜩 꼈던 구름이 걷히고 해가 나왔다.
오늘은 정말이지, 날씨가 드라마다.

그렇게 바라던 비가 내렸고
마지막엔 무지개까지 만났다.
이 정도의 기승전결이면 국민 드라마지~

비가 오든, 해가 뜨든,
내내 놀라움을 쏟아주던
이과수폭포를 오래 기억할 것 같다.

이렇게나 비슷합니다

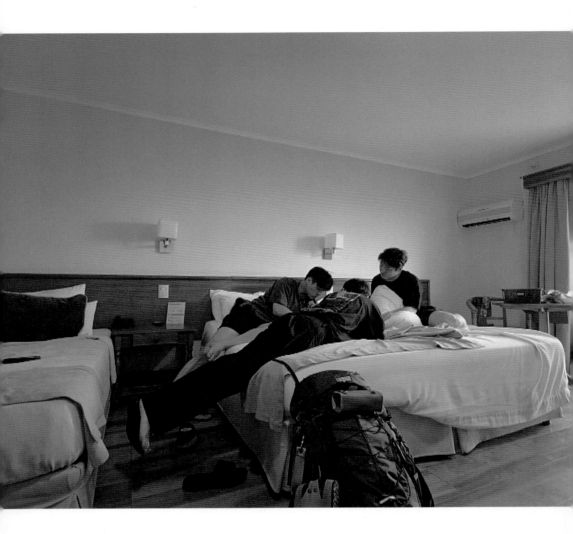

하늘 같이 모여 있으니까 재밌네요.

재홍 얘기도 하고.

하늘 수련회에 온 것 같아.

성우 같이 방 쓰니까 좋아요.

재홍 아르헨티나가 정말 다채로운 것 같아. 이과수는
      부에노스아이레스랑 완전히 다른 풍경이니까.

하늘 완전 다르죠? 그런데 나, 궁금한 게 있어.
      외국의 호텔에 가면 이불이 매트리스에 다 끼워져 있잖아요,
      그거 왜 그러는 거예요? 이불을 빼서 쓰면 예의가 없는 건가?

재홍 나도 빼서 쓰는데.

하늘 그러니까 이불을 끼워둔 이유가 있을 거 아니에요?
      빼면 안 되는 건가? 나는 항상 불편해서 다 빼서 자거든.

성우 안 빼고는 못 자겠던데요, 저도.

하늘 그렇지?

성우 네. 저는 원래 이불을 한 반쯤 덮고 반쯤 빼놓고 약간…
      이렇게 좀 꼬아가지고 이렇게 자는 편이라서.

하늘 어! 나도 그렇게 하는데!

재홍 나도 반만 덮고 자, 이렇게.

하늘 나도요, 나도! 비슷하네.
      성우야, 너 혼자 살아?

성우 네.

하늘 형도?

재홍 나도.

재홍 셋 다 자취하는구나.

하늘 자취한 지 얼마나 됐어?

성우 저는 밖에서 산 지 한 8년 된 것 같아요.
      고등학교 때부터 자취했으니까.

하늘 나도 17세 때부터 혼자 살았거든. 고1 때부터!

재홍 나는 15년!

하늘 나랑 똑같나 보다, 형도!

이렇게나 다릅니다

하늘 자취를 오래 하다 보면 그런 게 있어.
한 1년, 2년까지는 요리해 먹어. 그런데 재료가 항상 남잖아.
남으면 냉장고에 있다가 버리게 되고. 그래서 시켜 먹기 시작하지.
지금 내가 사는 집에 4년 정도 살았거든.
가스 밸브를 한 번도 안 열었어.

재홍 그러니까 이게 두 부류야. 자취를 오래 하면, 아예 안 해 먹거나,
해 먹거나. 나는 늘 해 먹거든. 배달 음식에 질려버려서.
예전에 엄청 시켜 먹었어. 그러다 물리니까 내가 해 먹게 돼.

하늘 나는 원래 먹는 즐거움을 잘 못 느껴요.
배고플 때 먹어서 배부르면 끝. 거기까지예요.
맛있는 거 먹으면 아, 맛있다. 맛없는 거 먹으면 아, 맛없다.

성우 저도 그런 편이에요. 배달 음식을 먹는 이유도
내가 해 먹으면 맛없으니까. 맛없는 요리를 먹을 바에 리뷰 좋은
순으로 시켜 먹으면 기가 막히거든요. 그런 사람 있잖아요.
요리 과정을 즐기고 결과물에 뿌듯해하고, 그런 행복을 느끼는
사람이 있는 반면에 저는 그 과정이 그저 귀찮아요.

재홍 공감할 수가 없네. 어떻게 배만 채우면 된다는 그런 말을…

성우 그런데 형, 저도 배만 채우면 되기는 하는데, 맛있는 곳에 주문해요.
그건 확실히 짚어줘요.

재홍 나는 배가 너무 고파. 그럼 일부러 두 동네를 넘어서 찾아가.
먹고 싶었던 집을. 혼자서 줄을 서서 먹기도 하고.

하늘 진짜요? 드디어 우리 다른 점을 찾았다.

성우 저도 맛집에 줄 서서 먹긴 하거든요.
그런데 형처럼 집에 있다가 혼자 찾아 나서지는 않아요.
밖에 나온 김에 근처에 맛집이 있다고 하면 가요.
미리 연락해보고 20, 30분 기다려 자리 난다고 하면
가서 줄을 서기도 하고요.

하늘 20분, 30분을 어떻게 기다려? 배고픈데.

재홍 20, 30분은 금방이야. 잠깐 노래 몇 곡 들으면 돼.
나는 까다롭게 먹는 편은 아닌데,
그냥 먹는 걸 즐겁게 생각하는 것 같아.
처음 가보는 곳이야. 그러면 여기는 뭐가 맛있지?
이런 걸 찾는 게 재미있는 것 같아.

하늘 나는 '줄 서는 거 귀찮아'가 아니라,
'줄이 있으면 다른 데 가면 되지, 뭐' 이런 느낌.

성우 그런데 형 지금까지 우리 같이 먹으면서 보여줬던 반응들은
맛집 되게 좋아하는 느낌인데…
아니, 지금까지 우리의 맛집 투어가 좀 의심이 들어서…

재홍 그러니까. 순두부찌개 먹었던 거 생각해봐.

하늘 내가 연기를 한 건 아니야. 그냥 내가 간 집이 맛있으면 맛있는
거죠. 형이 워낙 맛있는 데만 찾아주니까.

재홍 좋아하는 사람들이랑 맛있는 거 먹는 게 제일 좋은 것 같아.
가까이에 있는 행복함.

성우 불편하고 어색하면 밥 먹는 것도 맛이 안 느껴진다 그래야 되나?
어느 순간 '내가 뭘 먹고 있는 거지?' 이런 느낌.

하늘 그렇지. 좋은 사람들이랑 같이 한 숟가락 떠먹으면서
맛있다고 할 수 있는 거.

재홍 공유할 수 있는 거니까.
그럼 우리 씻고 바로 밥 먹으러 갈까?
이탈리아 레스토랑 알아놨어. 걸어서 11분 거리야.

하늘 좋은데요. 11분 정도쯤 걷는 거 좋지.

성우 싫은 거 아니죠?

하늘 맛있는 거 먹으러 가는데 11분이 뭐가 어때서?

재홍 너 지금 이해 못 하는 거지, 11분 걷는 거?

하늘 아니야, 아니야. 우리가 아르헨티나까지 왔고,
우리 다 같이 먹는 게 좋으니까 나도 좋고.
그 정도는 뭐 걷고 오면 소화도 되고 좋지.

PATAGONIA

키가 큰 원주민 '파타곤Patagón'이 사는 땅이라는 뜻의 파타고니아. 남위 40도 밑으로 칠레와 아르헨티나에 걸쳐 남아메리카 대륙 끝까지 뻗어 있는 거대한 지역이다. 대한민국의 열 배나 되는 이 광활한 대지의 서쪽으론 높은 안데스산맥이 솟아 있고, 동쪽으론 고원과 평원이 펼쳐진다. 그리고 그 속엔 탐험가의 마음을 일렁이게 하는 모든 것들이 있다. 바다를 닮아 파도치는 호수와 나무조차 화석이 된 사막, 희푸른 숲을 이룬 빙하, 세계에서 가장 아름다운 봉우리에 꼽히는 피츠로이와 토레스 델 파이네까지.

이렇게 모습이 다양한 파타고니아는 날씨마저 변화무쌍한데, 그중 가장 혹독한 건 바람이다. 태평양에서 불어와 안데스산맥을 넘어온 메마른 바람 소리가 쉬지 않는다. 할퀸 듯 풀어진 구름과 날카롭게 살아남은 바위 봉우리, 옆으로 몸을 비튼 나무. 모두 바람이 빚은 묘한 풍경이다.

주저앉고 싶을 만큼 바람이 불어도 신비로운 자연에 할 말을 잊는 곳. 상상하지 못한 거대한 자연이 내뿜는 압도적인 위력에 겸손해지는 곳. 순수한 자연의 속살에 한번 발을 들이면 평생 그리워하게 된다는 파타고니아. 이 모든 매력이 여행자들을 파타고니아로 불러 모은다.

EL CALAFATE

하얀 눈이 쌓인 안데스산맥 아래로 푸른빛을 띠는 아르헨티노 호수와 그 위를 수놓은 홍학이 동네 산책 풍경인 엘 칼라파테. 바람결에 흔들리는 미루나무가 근심을 털어주고 하루에도 몇 번씩 모양을 달리하는 구름이 위로해주는 작은 도시다. 여행자들은 빙하를 볼 수 있는 로스 글라시아레스 국립공원에 가기 위해 이 정감 있는 도시를 찾는다.

'바람의 땅' 파타고니아

이른 새벽 아직 고요한 도시를 뒤로하고, 일찍부터 배낭을 챙겨 숙소를 나왔다. 오늘은 북쪽의 푸에르토 이과수를 떠나 남쪽의 파타고니아 지역, 그중에서도 엘 칼라파테로 떠나는 날. 이과수에서 엘 칼라파테까지, 단번에 가는 비행기는 없다. 코르도바라는 도시에 잠시 들른 뒤, 다시 엘 칼라파테에 향하는 비행기에 올랐다. 얼마나 지났을까. 아무것도 없을 것 같은 텅 빈 땅에 파란 호수가 보이기 시작한다. 곧, 파타고니아의 푸른 보석, 엘 칼라파테에 도착했다. 공항에 내리자마자 격하게 반겨주는 건 역시 바람이다. 새벽까지만 해도 푸에르토 이과수에서 마셨던 물기 어린 공기와 달리 한결 차갑고 가벼워졌다. 얼른 새로운 도시를 만나고 싶어 바로 앞에 있는 택시를 타고 숙소로 향했다.

재홍   바람이 너무 시원하다. 상쾌하다, 여기.

하늘   진짜 시원해. 저 하늘을 봐!

재홍   호수 색도 봐봐.

성우   저 색은 빙하가 녹아서 그렇대요.

재홍   여기 그런 느낌 들지 않아?
      지구에서 아직 공개 안 된 곳에 와 있는 느낌?

지평선까지 보일 듯 탁 트인 풍경 속을 달리며 우리가 한 일은 그
저 놀라는 것뿐이다. 오른쪽엔 빙하가 만들어낸 신비로운 아르헨티
노 호수, 왼쪽엔 나무 하나 없는 무뚝뚝한 언덕, 하늘엔 여러 생김
새로 떠다니는 구름이 있다. 게다가 창문 밖으론 고개만 살짝 내밀
어도 볼따구니가 펄럭일 정도로 바람이 분다. 이제까지 봤던 아르
헨티나와는 완전히 다른 모습이다.

성우 말도 안 되는 풍경에 눈이 즐거워.

하늘 성우야 저 언덕 봐! 경이롭지 않아?

성우 언덕 아래를 걸어 보고 싶다.

하늘 자전거 하나 빌려 타고..

성우 자전거 있으면 너무 좋겠다.

재홍 분명 있을 거야, 자전거 대여점.

성우 이런 데 없으면 서운하지.

재홍 여기서 한 달 살면 모든 게 치유될 것 같아.

성우 너무 좋아요. 가족들이랑도 오고 싶다.

하늘 좋다. 그러면 좋지!

재홍 효심이 생기는 곳이네.

자전거를 타지 않고는 도저히 못 배길 풍광 사이로 뾰족지붕이 늘어선 마을에 들어섰다. 급할 것 하나 없어 보이는 여유로운 모습에 마음이 편안해진다. 쭉 달리던 택시가 오른쪽으로 꺾자 맞은편에 그림 같은 집이 나타났다. 어릴 적 살고 싶은 집을 그리라면 친구들 중의 한 명씩은 꼭 바랐던 그런 나무 집, 바로 우리가 예약해둔 숙소다.

힐링 시티, 엘 칼라파테

엘 칼라파테에서 5일간 머무를 숙소 '린다 비스타'에 도착했다. 아담하지만 탐스러운 정원과 낮잠에 빠진 개가 먼저 반겨주는 이 숙소의 특별한 점은 바로 한인 가족이 운영하고 있다는 것. IMF 직후 이민 오셨다는 사장님 내외분과 부모님의 바쁜 일손을 돕는 외동딸 지니, 막내 반려견 블랑카가 이 가족의 구성원이다.

린다 비스타는 파타고니아를 찾는 여행자들 사이에서 편안한 쉼터로 소문이 자자하다. 특히 엘 칼라파테를 찾았던 한국인이라면 고향의 정을 느끼게 해주는 이 가족을 모를 수가 없단다. 게다가 사장님은 파타고니아 여행에 관해선 모르는 게 없는 엄청난 정보통. 여행 블로거들 덕분에 아르헨티나로 떠나 오기 전부터 수없이 접했던 린다 사장님. 드디어 뵙는 건가요?

하늘   모든 한국인이 찾는다는!

재홍   사장님 보고 싶었어요~

사장님   멀리까지 오시느라 수고했어요. 바람이 환영하네요.

재홍   바람이 너무 좋은데요.

사장님   지금 같은 바람은 좋지.
시속 130킬로미터로 부는 날엔 정신이 없어요.

성우   어느 계절에 그렇게 불어요?

사장님   지금이요. 11월부터 1월 사이.
오늘 이 정도면 시속 30킬로미터밖에 안 돼요.

바람이 좋아 바람 많은 동네로 오셨다는 린다 사장님은 풍속까지
감으로 측정 가능한 고수셨다. 엘 칼라파테 터줏대감의 내공이 느
껴진다.

낯선 언어에 둘러싸여 긴장의 끈을 놓기 힘들었던 그간의 여행. 우리말로 체크인을 하니 마음이 편안하다. 숙소 열쇠에 달린 반질반질한 나무 장식마저 사랑스럽다. 이 장식은 모양이나 향이 쉽게 변하지 않는 렝가나무로 만든 것이란다. 엘 칼라파테에는 렝가나무가 부족해 상대적으로 나무가 많은 우수아이아에서 공수해왔다고 한다. 작은 것 하나까지 공들인 사장님의 노력이 느껴진다.

그런데 사장님 말씀을 듣고 보니… 숙소까지 달려오는 길에 나무가 있었나? 달리는 내내 사람이 살기는 하는 걸까 싶었던 허허벌판. 그리고 동네가 가까워진 후에야 눈에 띄었던 나무들!

사장님 여기 오면서 나무 하나도 없었잖아요.

하늘 그리고 보니까 나무가 없었네.

사장님 사람이 사는 곳엔 나무를 심어 놓아서 동네엔 나무가 있어요.
　　　　 벌판에 미루나무가 있다면 그건 '여기에 사람이 산다'는 표시예요.
　　　　 그래서 옛날에는 우편물을 실은 비행기가
　　　　 미루나무 근처에 탁 떨어뜨려줬어요.

목장을 운영하며 멀리 떨어져 살았던 아르헨티나 사람들은 자신의 존재를 나무로 드러냈다. 그리고 그 나무를 지표 삼아 항공기를 탄 우편배달부들이 우편물을 전달해주었다고. 《어린 왕자》로 유명한 작가 생텍쥐페리 역시 아르헨티나의 항공 우편 조종사였다. 그는 아르헨티나 항공 우편 회사의 책임자로, 부에노스아이레스에서 파타고니아까지의 항로를 개척한 인물이란다. 생텍쥐페리는 항공 우편 배달부로 일했던 경험을 바탕으로 소설 《야간비행》을 집필했는데, 소설은 비행 중 폭풍우를 만난 파일럿의 이야기를 담고 있다.

소름 돋을 만큼 재미난 이야기를 듣고 있으니 피곤도 모르겠다. 사실 더 솔직하게 말하자면 엘 칼라파테의 고즈넉한 풍경과 마주한 순간부터, 비행기를 두 번이나 갈아타고 온 피로는 증발한 지 오래! 이미 휴식하는 기분이다.

> **사장님** 이 동네는 보기만 해도 힐링이죠?
> 엘 칼라파테라는 어원 자체가 '힐링하는 도시'라는 뜻이에요.
> 이 이야기도 나중에 해줄게요.
>
> **하늘** 너무 궁금한데 지금 얘기해주시면 안 돼요?
>
> **사장님** 그럴까요? 차 타고 오면서 중간중간에 덤불 같은 것 봤어요?
> 그게 칼라파테 나무예요. 여긴 다른 나무는 거의 없고
> 칼라파테 나무만 살고 있어요.

파타고니아의 심볼인 칼라파테 나무. 호숫가에 많이 자라는 이 나무 때문에 이곳의 지명 역시 엘 칼라파테가 되었단다. 그런데 이 나무가 칼라파테라고 불리게 된 데에도 사연이 있었으니…
때는 16세기 대항해시대로 거슬러 올라간다. 마젤란 해협을 발견한 항해가 페르디난드 마젤란. 그가 항해 중 마젤란 해협에 다다랐을 즈음, 그의 배는 오랜 항해로 물이 새는 상황이었다. 육지에 다다른 마젤란은 선박 수리를 위해 나무를 찾아 나섰다. 하지만 주위에는 온통 키가 작고 가시가 많은 한 종류의 나무뿐… 결국 마젤란은 그 나무로 배의 틈을 다 메우며 낡은 배를 수리한 뒤, 항해를 계속했다. 그리고 배를 수리할 때 사용했던 그 나무에 이름을 붙여주었다. '너는 땜장이야'. 선박에 생긴 구멍이나 틈을 메운다는 뜻을 가진 단어 칼라파테Calafate는 그렇게 나무의 이름이 되었다.

사장님 틈을 메운다. 이렇게 벌어져 있던 틈을 다 메우니까,
회복과 동시에 바깥에 있는 것들로부터 보호되잖아요.
자연과 사람 사이의 틈, 사람과 사람 사이의 틈…
모든 틈이 메워지면 그게 바로 힐링이죠.

이곳엔 속설이 하나 있다. 칼라파테 열매를 먹으면 엘 칼
라파테에 다시 돌아오게 된다는 것! 얼마나 낭만적인 이
야기인지. 칼라파테 잼, 칼라파테 술, 칼라파테 아이스크
림… 잊지 않고 한 번은 꼭 먹고 갈 테다.
사장님의 맛깔나는 설명이 끝나고, 우리 셋은 한마음으
로 손뼉을 쳤다. 어렸을 적 할머니 무릎을 베고 들었던 것
만 같은 따스한 이야기에 몽글몽글 감동이 밀려온다. 칼
라파테 이야기가 우리 마음속 빈틈도 메워준 걸까?

트래블러 라이더즈

사장님 바람 많이 부니까 모자 조심해요. 자전거 타다 날아가면 못 찾아요.

재홍 그 정도예요?

사장님 걸어가다가 날아가도 못 찾아요.
　　　바람이 너무 빨리 데리고 가버려서.

역시나 엘 칼라파테엔 자전거 대여점이 있었다. 위치가 표시된 지도를 받고 나서는데 사장님이 바람을 조심하라 당부하신다. 아무리 그래도 모자를 못 찾을 정도라니? 설마….
짐을 맡겨 두고 시가지로 나왔다. 소박한 도로와 아늑한 분위기의 집들이 정감 간다. 우린 이미 이 마을의 매력에 빠져버렸다. 오죽하면 길거리 박스에 버려진 와인 병만 봐도 카메라에 손을 뻗을까. 그저 빈 병을 수거한 것뿐이거늘… 우리나라와 다른 점이 있다면 소주병이 와인 병으로 바뀌었단 것? 이런 게 바로 사대주의인가 싶다. 하지만 사소한 멋의 발견도 여행의 묘미 아니겠어?

190

콧노래를 흥얼거리며 린다 사장님께서 알려주신 대여점에 무사히 도착해 자전거 세 대를 빌렸다. 그리고 브레이크는 잘 드는지, 핸들과 페달은 멀쩡한지 꼼꼼히 체크했다. 이제부터는 자전거를 타고 아르헨티노 호수 주변을 구석구석 둘러보고 올 예정이다.

재홍 우리 '라이더 강'이 앞장서지.

하늘 알겠습니다. 길을 잘못 들어설지도 몰라요.

재홍 상관없어. 가는 대로. 길 못 찾아도 좋아.

하늘 갈까?

성우 Go Go! All Right!

발바닥에 힘을 주고 페달을 밟자 상쾌한 바람이 우리를 스친다. 신나게 페달을 돌리다가도, 서로가 잘 달리고 있나 가끔은 돌아보았다. 기분 좋게 얼마나 달렸을까. 왼편으로 에메랄드빛 아르헨티노 호수가 보이기 시작했다. 우리의 핸들도 자연스레 호수 쪽으로 향한다. 그런데 잘 달리던 도중 작은 문제가 하나 생겼다.

성우　형! 잠깐 멈춰도 돼요? 나 안장이 너무 높다.

재홍　나랑 자전거 바꿀래?

성우　이거 불편하실 거예요, 형.

재홍　난 다리가 길어서 괜찮아.
　　　나한테 딱인데! 내가 이거 탈게.

성우　불편하지 않으세요? 그냥 안장 낮춰서 제가 탈게요.

재홍　나는 굿! 난 원래 높게 타는 거 좋아해.

안장 높이를 낮추려 해봤지만 레버가 녹슬어 쉽지가 않다. 핸들이
며 브레이크며 페달까지 꼼꼼하게 체크한다고 했는데, 안장 높이
체크를 빠뜨린 거다. 하지만 이젠 자전거도 바꿔 탔겠다. 정말 거칠
게 없다! 호수를 따라 시원하게 뚫린 이 도로를 마음껏 달려볼까?

하늘	우린 트래블러 라이더즈! 그럼, Vamos!
성우	Vamos! Amigos!
재홍	그럼 우리, 질주하겠습니다!
성우	바람이 알아서 데려다주는데요?
하늘	좋아 좋아!
재홍	저녁 먹기 전에 자전거 타는 거 좋은 거 같아.
하늘	이런 데 이렇게 살고 싶다! 예쁘긴 진짜 예쁘다!

등 뒤에서 바람이 밀어주니 힘을 안 줘도 자전거가 술술 굴러간다. 덕분에 마을의 구석구석, 아름다운 경치도 편안하게 음미했다. 우아함의 극치, 홍학 떼가 물가를 노닌다. 초록빛 들판에는 건강미 넘치는 말들이 아무렇지 않게 풀을 뜯는다. 동물 다큐멘터리 정도는 되어야 이런 장면을 만날 수 있을 것 같은데. 관계가 먼 풍경들이 한 동네에 모두 녹아 있다. 힐링 시티 엘 칼라파테. 이보다 더 좋을 순 없다!

한 방울의 물과 하나의 자갈이 만들어지는 데 걸리는 시간

목적지였던 아르헨티노 호수의 입구에 다다랐다. 바다로 의심될 만큼 광활하다. 비행기 창밖으로 보이던 순간부터, 엘 칼라파테를 사랑하게 될 것을 직감하게 만든 이 호수. 호수의 이름은 1877년 아르헨티나의 탐험가 프란시스코 모레노가 지었다. 설산의 봉우리와 넓고 아름다운 호수, 그리고 호수에 비치는 구름과 태양이 마치 아르헨티나 국기를 연상시킨다고 해 '아르헨티노 호수'가 되었다고 한다. 푯말 앞에 자전거를 세워 두고 호수 쪽으로 한 발짝 다가갔다. 호수 가까이에선 바람이 더 억세다. 정신 못 차릴 정도인데, 커다란 보더콜리 한 마리가 듬직하게 앉아 바람을 즐기고 있다. 저 정도 태연함이면 아르헨티노 호수 문지기다. 그런데 별안간! 바람이 순식간에 일행의 모자를 데려가 버렸다. 얼마나 빠른지 날아간 방향조차 가늠이 안 된다. 설마가 사람 잡는다더니… 반신반의했던 린다 사장님의 경고는 이렇게 사실로 판명 났다. 모자는 물론이고 몸조차 가누기 어려울 만큼 세찬 바람. 호숫가에는 혹독한 바람을 버티며 바람의 결을 따라 휘어진 거대한 나무가 보인다.

하늘 　저 나무 봐. 나무가 꺾이려고 해.

성우 　와. 근데 이 바람 진짜 기분 좋다. 춥지가 않아. 진짜 상쾌한
　　　바람이에요.

하늘 　우리 점프 샷 한번 찍을래?

호수를 마주 보고 걸어가자 파타고니아의 바람이 더욱더 실감 난
다. 혼자 폴짝 뛰어보기도 했다가, 이번에는 서로의 몸을 공중에 띄
워주기로 했다. 중력을 벗어나 날아보는 찰나의 순간, 모든 것에서
해방되는 기분이다! 우리는 서로를 날려주며 바람에 깊이 심취했
다. 그리고 이끌리듯 호수 앞으로 다가갔다.

좋은 풍경을 보고 있으니 시력까지 좋아지는 것 같다. 끝이 어디인
지 알 수 없는 거대한 자연 앞에서 우리는 서로의 어깨를 부둥켜안
았다. 그리고 바람을 맞으며 같은 곳을 바라보았다.

하늘 공기가 얼마나 맑은지 저 끝까지 다 보여.
      저 산 너머의 산 너머의 산까지 보여.

재홍 저 끝에 산의 주름까지 다 보여.
      태어나서 이렇게 바람 많이 맞아본 거 처음인 거 같아.

하늘 맞아. 난 가끔 그런 거 생각하면 진짜 경이로워.
      빙하 하나가 제대로 만들어질 때까지 천 년이 걸린단 말이에요.
      이건 그런 빙하가 녹은 물이잖아요.
      우리는 이 물방울 하나도 안 되는 거예요.
      또 만약에 커다란 돌이 지금 우리 발아래 자갈만큼 작아지는데
      한 오백 년이 걸린다 해봐. 그럼 우리들이 세상에 나고
      자라고 죽는 걸 다섯 번 반복해야 자갈이 되는 거야.

재홍 나도 자주 그런 생각해. 이렇게 대자연 앞에 서면
      우리를 힘들게 하고 서로를 옭아매는 것들이 보잘것없이
      느껴지는 것 같아.
      모든 것에 감사하게 생각하게 돼.

자연의 섭리 앞에 겸허해진 시간. 마음이 개운해진다. 우리는 감상에서 빠져나와 그만 숙소로 돌아가기로 했다. 다시 자전거 위에 올라타 부지런히 발을 놀리는 길. 이번에는 이국적인 정취가 물씬 풍기는 산이 우리 앞을 지켰다. 꼭 할리우드 서부극의 촬영지 같기도, 색감이 살아 있는 전자기기의 바탕화면 같기도 하다.

성우   바람 때문에 더디게 가게 돼요.

재홍   모래주머니 차고 뛰는 것 같아. 바람 불 때마다 셋 다 옆으로 간다.

성우   허벅지가 터질 거 같아요.

재홍   난 양고기 많이 먹을래. 아사도 많이 먹을래. 힘들어.

호수에 갈 땐 등 뒤에서 밀어주던 바람이 이젠 역방향으로 불어온다. 가볍게 동네 한 바퀴 돌아보려던 건데, 운동을 하고 말았다. 지금 이 순간, 시간이 느리게 흐를 것만 같은 평화로운 작은 마을에서 이토록 헉헉대는 건 아마 우리뿐일 거다. 철인 3종 경기 버금갔던 우리의 자전거 나들이는 이렇게 끝이 났다.

지구 반대편의 닮은 꼴

재홍

마음이 온화해지는 장면을 만났다. 린다 비스타의 막내 블랑카가 푸른 화단 위에 누워 자는 모습이다.

살랑이는 바람결에 세상모르고 잠들어 있더니 벌떡! 차 지나가는 소리에 몸을 일으킨다. 그리고 순한 두 눈을 끔뻑이는데… 세상 평화롭다. 그 옆으로 사람 하나가 쓱 끼어든다. 하늘이다. 냉큼 블랑카 옆에 앉아, 블랑카와 똑같은 자세로 드러눕더니 대뜸 개가 되고 싶다고 외친다. 익살맞은 말과 행동에 모두 웃음이 터졌다. 그런데 문득, 묘하다. 둘이… 닮았다. 사진을 찍고 보니 더 닮았다!

성우가 찍은 사진을 보던 하늘이는 호탕하게 웃으며 한 마디를 남겼다.

"그러네. 내가 개를 닮았네. 술을 안 마셔도 개를 닮았네. 하하하."

계획에 없던 방

새로운 숙소에 들어갈 때면 늘 문을 못 열어 허둥지둥했던 우리들. 이번엔 사장님이 알려준 방법대로 한 번에 문 열기에 성공했다. 문을 활짝 열자마자 아늑한 분위기가 우릴 반긴다. 하물며 누구나 한 번쯤은 꿈꾼다는 복층 구조라니 말 다 했다. 후다닥 집을 훑어본 뒤 일층의 소파베드와 이층의 침대 두 개 중 각자 원하는 자리를 골라 잡았다.

하늘 형. 나는 진짜 일층 소파베드에서 자고 싶어.

재홍 침대보다는 소파 같은데 괜찮아?

하늘 나는 상관없어요. 나는 이런 곳에서 꼭 자고 싶었어.

재홍 성우는 이층 바깥쪽 침대 괜찮아?

성우 네. 좋아요.

하늘 너 자다 떨어지는 거 아니야?

성우 그것도 여행의 묘미죠.

하늘 아침에 일어났는데 성우가 내 눈앞에 있어. 성우야. 성우야!

재홍 자고 있는데 '우지끈 뿌닭'! 〈옹박〉에 나오는 그런 소리가 나면.

성우 아무렇지 않게 눈 비비면서 일어날게요. 음 아침이에요?

재홍 여기 너무 느낌 있다.

하늘 그렇죠? 진짜 이런 집에 살고 싶은데.

재홍 어릴 때 만화 〈플란다스의 개〉에서 봤던 집 같아.

각자 원하는 자리에 짐을 풀려는 그때! 반지하 쪽에 수상한 문이 눈에 들어왔다.

하늘   어? 이건 뭐지? 비밀의 문이 있어요.

재홍   지하가 있다고? 〈기생충〉?

하늘   누구야. 누구세요? 방이 또 있어. 성우야 방이 또 있어!

성우   방이 있다고요? 무슨 방이 또 있어?

새로운 방이 나타났다는 소식에 모두 몰려들었다. 다른 방들에 비해 살짝 낮은 위치에 자리 잡은 반지하 방. 갑자기 영화 〈기생충〉이 주마등을 스쳐 간다…. 그리고 귀중한 것을 두고 온 영화 속 인물만큼이나 절실한 목소리로 외쳤다.

재홍   여보오오오!

알고 보니 반지하에 위치한 방도 넓은 침실이었다. 계획에 없던 방의 등장에 다시 한 번 침대 배치가 시작됐다.

재홍   성우는 어디에서 자고 싶어?

성우   전 이층 좋아요.

하늘   이층? 오케이. 난 일층 소파베드. 내가 항상 그리던 잠자리야.

재홍   그럼 내가 반지하 방 쓸게. 나는 방에 들어갈 때마다 이렇게 들어갈 거야. '여보오오오!' 하하하.

미스터리와 낭만이 가득한 이번 숙소. 이 공간에서 5일간 쌓일 추억들이 벌써부터 기대된다.

남극지방에 가까워 해가 늦게 지는 이곳은 아직 대낮처럼 밝다. 오늘은 이동하느라 제대로 챙겨 먹지 못했으니 파타고니아에서 꼭 먹어봐야 할 음식! 아르헨티나식 바비큐, 양고기 아사도를 푸짐하게 먹기로 했다. 그동안 여러 번 추천 받았던 파타고니아의 양고기는 세계적인 품질로 명성이 자자하다. 파타고니아의 광대한 목초지에 풀어놓은 양은 특히 코이론Coiron이란 풀을 먹는데, 이것을 먹고 자란 양은 누린내 없이 풍미가 뛰어나다고 한다. 부에노스아이레스에서 그 맛에 깜짝 놀랐던 아사도인데, 세계 최고라 자부하는 파타고니아 양고기로 요리한 아사도라니, 대체 어떤 맛일지 궁금하다. 린다 사장님이 강력 추천하신 식당에 가기 위해 버스에 올랐다.

하늘   얼마나 맛있을까? 배 안 고파?

재홍   너무 허기져. 뱃가죽이 등가죽이랑 붙었어.

하늘   우리 지금 가는 음식점이 언덕 위에 있대요.

재홍   그럼 먹으면서 일몰 볼 수 있겠다.
      말하는 와중에 침이 고였어.

하늘   그럼 고기 한 입 먹고 일몰 한 점 먹으면 되겠네요.

재홍   시적이네.

하늘   고기 한 포크, 일몰 한 스푼.
      디저트로는 성우의 눈웃음.

성우   저도 마실래요. 유리잔에 일몰 담아서.

재홍   시적이야. 역시 동주.

함께   하하하.

하늘   오! 여기 집들이 엄청 예뻐.

성우   우리 숙소만 봐도, 나무랑 커튼이랑 색 조화가 뛰어나.

하늘   들어가자마자 와~ 하게 되잖아.

재홍   동화 속에 나오는 그런 집.

하늘   아까 잠깐 누워 있다가 든 생각인데,
       매일 보는 천장이 달라지는 게 재미있더라고.
       집에 있으면 항상 똑같은 천장이잖아. 숙소에서 천장을 보는데
       '여기 천장은 또 이렇게 생겼네' 이런 생각이 들었어.

성우   역시 보는 시선이 다르네.

재홍   감명받았어, 지금.

누구라도 시인이 되는 마을 풍경을 지나 커다란 식당에 내렸다. 나
무로 지어진 건물 한쪽 벽엔 커다란 유리창이 죽 이어져 있고, 그
너머로 마을이 내려다보였다. 이곳을 만든 분이 낭만을 갈아 넣으
신 게 분명하다. 비스듬히 해가 들어오는 모서리에 자리를 잡고 창
밖을 보니 고즈넉한 언덕 아래로 미루나무가 바람에 흔들리고 있
다. 아… 린다 사장님이 아주 제대로 추천해주신 거다.
여러 고기가 섞인 모둠 아사도에 이 식당 대표 음식이라는 양고기
아사도를 골랐다. 거기에 아르헨티나 기후에 재배하기 적합해 높은
품질을 자랑하는 포도 품종 말벡으로 만든 와인과 시원한 맥주까
지 주문했다.

재홍 일몰에 호수가 더 파래졌어.

성우 9시가 다 되어가는데 해가 아직도 떠 있는 게 신기해.

하늘 지금 느낌은 오후 다섯 시 반?

웨이터 Here's Argentine Malbec.

하늘 햇빛을 받아서 그런가, 와인 색깔이 더 예쁜데?

재홍 그러니까.

하늘 내가 해를 마시는 방법 알려줄게요.
파타고니아 해를 마십시다.
해를 딱 가려서 이렇게 담아서.

성우 역시. 시선이 다르네요.

하늘 정말 맛있어. 와~ 진짜 맛있다.

재홍 어떻게 마신다고?

하늘 해가 보이죠? 해를 이 잔 안에 담아.

재홍 담았어. 어! 너무 예쁜데 이거?

성우 맛있죠?

함께 Salud!

하늘   점점 노을이 지고 있어요.

재홍   우리가 시간 예약을 잘했다. 그렇지?

하늘   어떻게 시간이 딱 맞냐.
나는 이제 선글라스 끼고 밥 먹어야 할 것
같아요. 앞이 안 보여.

재홍   블라인드 조금만 내릴까?

하늘   아이, 괜찮아요. 좋아요. 이것도 재미지.
맥주도 진짜 맛있네.

재홍   나 맥주 맛만 볼게.

하늘   맛있어요. 해를 싹~ 담아야 해. 그렇지.

성우　형은 진짜 다른 거 같아요.

하늘　좀 사차원이지? 나는 그런 얘기를 많이 들어서 괜찮아.
　　　나는 몰랐거든? 친구들이 얘기해줘서 알았어. 내가 좀 독특하구나.

성우　감정의 폭이 더 넓은 거 같아요. 부러울 때도 있어요. 감수성이 되게
　　　남다른 사람들.

재홍　맞아. 사차원이라고 하는 사람들을 보면, 시각이 다르다기보다는
　　　넓은 것 같아. 그래서 멋있는 사람들도 많지. 똑같은 걸 봐도 다르게
　　　생각하고.

성우　억지로 노력한다고 되는 게 아니잖아요.

하늘　그런가? 모르겠어. 나는 그냥 재밌게 살고 있어.(웃음)

하늘   연기하면서 외국어 해본 적 있어요?

재홍   〈족구왕〉에서 영어로 고백하는 장면 찍을 때 잠깐 해봤지. 진짜
       무식하게 외워서 지금도 기억해.

하늘   엇, 나도 그 얘기 하려고 그랬어. 우리가 평소에 쓰는 언어가
       아니니까 무식하게 외워버리잖아. 아직도 기억나 나는.

성우   저도 〈열여덟의 순간〉에서 있었어요.
       불 끄고 자지 못하는 이유를 영어로 말하는 건데, 아직 기억나요.

하늘   나는 〈미생〉 할 때요. 내가 연기한 장백기가 똑똑한 캐릭터였어요.
       장백기가 다른 회사로 이직하려고 이력서를 쓰는데,
       학력을 써야 해서, 제가 감독님한테 물어봤어요.
       감독님이 "뭐 서울대학교 독어독문과 뭐 이런 거 해.
       독일어, 느낌 있잖아." 그래서 독문과라고 썼어요.
       그런데 갑자기 작가님이 나한테 독일어 대본을 준 거야.
       작가님께 전화했더니, "하늘 씨 할 수 있잖아요. 호호호호"하고
       끊으시는 거예요. 해야 하면 하자. 독일인 친구가 있다는 친구한테
       연락해서 독일인을 만났어요. 밥 사주면서 대사를 여러 버전으로
       녹음해달라고 부탁했죠. 촬영 전까지 계속 그것만 외웠어요.
       그러니까 진짜 외워지더라고. 그 뒤로도 몇 번 써먹었어.
       연극 준비하고 있을 때, "하늘아, 너 외국어 할 줄 알아?" 그러면
       바로 그 독일어 대사를 하는 거죠.

성우   형은 〈족구왕〉에서 했었다고요?

재홍   영어 고백하는 장면이 있어서 암기 과목 외우듯이 했지.

하늘   우리 외국어로 대화하는 척할 수 있어. 각자 대사로.

재홍   와! 일몰을 배경으로 흔들리는 나무가 진짜 멋있다.

하늘   시간이 지나면 꿈 같겠죠?

재홍   그렇지.

하늘   해가 떨어지는 게 보여.

재홍   이제 5분이면 쏙 들어갈걸?

하늘   눈을 이렇게 가늘게 뜨면
　　　　동그란 해의 형태를 볼 수 있는 거 알아요?
　　　　인상을 찌푸려야 해.

성우   이제 들어간다!

하늘   끄트머리 남았어, 끄트머리!

성우   들어갔다…

하늘   파타고니아, 엘 칼라파테, 첫 해 안녕~

21:30 인생 양고기

웨이터 This is lamb. Pork, beef, sausage, and chicken.

재홍 와 이거 먹어 봐. 진짜 맛있다.

하늘 기가 막혀요?

성우 맛있네. 식감이 특이하다. 약간 오독오독한. 음~

하늘 진짜 맛있는데? 한국 사람들이 진짜 좋아할 맛이다.

재홍 양 냄새가 전혀 안 나.

하늘 제가 예전에 한 번 실패했던 양, 한번 도전해보겠습니다.

재홍 아마 극복할 듯.

하늘 아 진짜 맛있네. 양 특유의 냄새가 하나도 안 나요.

재홍 잡내가 전혀 안 나고 식감이 부드럽고 오동통하고.

성우 오돌오돌한, 약간 우두둑 이런 느낌.

하늘 형이 미식가니까 형 먹는 방법대로 먹어야 할 것 같아.

재홍 소금을 살짝 찍어 먹어 봐.

하늘 와~ 양고기 맛있다. 극복했다.

성우 소고기도 괜찮아요.

하늘 너무 부드러운데? 이건 진짜 바비큐 맛이야.

재홍 인생 양고기야.

하늘 인생 양고기, 인정!

재홍 아! 준열이에게 노을 사진 보내주기로 했는데.
　　　사진 작가님한테 노을 사진 하나만 찍어달라고 해야겠다.
　　　준열이한테는 내가 찍었다고 하고.

하늘 우와~ 대사기극의 현장.

재홍 우리 스카이다이빙 하는 날, 준열이가 나한테 일출 사진을 보냈더라고.
　　　나는 일몰 사진을 보내겠다고 약속했지.

성우 어디 일출?

재홍 지금 LA에 있을 거야. 뭐라고 보내면 쿨 하게 느껴질까?
　　　약간 무심해 보였으면 좋겠는데? 대충 찍었는데 이렇게 나왔네, 이런 느낌?

성우 '동생덜이랑 밥 먹다가 노을이 좋아서'

재홍 좋다, 동생'덜'.

성우 '밥 먹다가 노을이 좋아서 한 컷 ^^'

하늘 괜찮다.

　　　　　　　　　　　　　　　　　재홍 준열이 연락 왔어.

　　　　　　　　　　　　　　　　　성우 궁금하다.

　　　　　　　　　　　　　　　　　트래블러 팀에게 안부 전해줘~
　　　　　　　　　　　　　　　　　사진은 반칙하지 말자 ㅋㅋㅋㅋㅋ

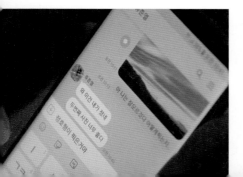

　　　　　　　　　　　　　　　　　재홍 이렇게 얘기하니까 보고 싶네.

재홍 해가 지니까 더 운치 있다. 밖을 봐.

하늘 밑은 초원인데 위는 사막이네. 그렇죠?

재홍 저 언덕 끝에 집까지 다 보여. 너무 깨끗하다.

하늘 구름이 어떻게 저렇게 생겼지?

재홍 마을에 불 켜진 게 진짜 예쁘다.

성우 그리고 마을에 불 들어오는 모습이 한 폭의 그림이다.

하늘 별이 위에 뜨기도 전에 밑부터 떴어.

우리의 대화처럼 조금씩 따뜻하게 달궈진 하늘에 구름이 일렁인다.
세상에서 가장 부드러운 색을 모아 바람결에 섞으면 이런 모습일까?
노랗게 흐르던 구름은 금세 붉어져 버렸다.

우리는 같은 곳을 오래 바라보고, 잠시 말을 아꼈다.
멈춰두고 보고 싶은 시간은 결국 흘러 밤이 오고 있었다.

22:20 재미있는 상상

재홍 여기 마을에 살면 어떨까?

성우 좋을 것 같아요. 린다 사장님을 보면,
여기 생활에 행복해 보여요. 한곳에서 십몇 년 살면
지루할 수 있잖아요. 그런데 저렇게 행복하신 거 보면
그만한 매력이 확실히 있구나,
평생을 여기서 살 만큼. 예전부터 바닷가에 살고 싶은 마음이
있었어요. 하루는 바닷가에서 장사하시는 분께
이런 데서 맨날 바다를 보면 좋을 것 같다고 했더니,
전혀 아니라고 하시더라고요.

재홍 왜?

성우 공허하고 우울하대요. 사람마다 다르겠지만,
그런 말씀을 들으니 그럴 수 있겠다 싶더라고요.
우리야 한 번씩 보는 거지만 매일매일 익숙해지면
마음이 달라질 수도 있겠죠. 그런데 여기는
그 익숙함을 이기는 무언가가 있을 것 같아요.

재홍 아직 10시 20분이야.

성우 어릴 적에는 10시 20분까지 안 자면 엄마한테 혼났는데.
얼른 TV 끄고 자!

재홍 아, 〈동백꽃 필 무렵〉 봐야 한단 말이야.

성우　용식이 봐야 한단 말이야, 용식이!
　　　까불이가 누군지 알 것 같단 말이야 지금!

하늘　촬영할 때 진짜 연기자들도 모르게 따로 찍었어.
　　　스케줄표에 까불이 스케줄을 안 넣고 까불이만 따로 찍고.
　　　19, 20회 대본은 쪽대본으로 줬어요.
　　　대본이 다 나와 있는데도요.

성우　진짜요? 우와.

재홍　작가님이 정말 대단하다고 느낀 게, 중후반까지
　　　누가 까불이가 돼도 아무 문제가 없었어.
　　　가능성을 열어놨기 때문에. 모든 경우의 수가 다 열려 있어.

하늘　작가님이 그 작품으로 행복한 고생을 하셨던 것 같아.
　　　종파티 때 많이 아쉬워하시더라고. 연기하는 사람은 자기가 맡은
　　　역할만 보내면 돼. 그런데 작가님은 모든 역할을 다 보내야 해.
　　　자기가 낳은 거나 마찬가지니까.

재홍　세계관을 보내는 거지.

성우　형도 되게 좋았을 거 같아요, 촬영하면서. 힘들었을 거 같기도
　　　하지만 그래도 작품 자체가 굉장히 활기 있어서 좋았어요.

재홍　우리 셋이 같이 작품 하면 진짜 재미있겠다.

하늘　우리 세 명이 어떤 작품을 하면 재미있을까?
　　　음, 트래블러!

재홍　쓰리!

23:00 속마음

재홍　여기는 다시 생각날 것 같아. 진짜.

하늘　나는 더 마시면 내일 못 일어날 것 같아.

재홍　약 먹어서 더 그런 거 아니야? 비행기에서?

하늘　그런 것 같아. 멍해.

성우　힘들 것 같아요.

하늘　고치고 싶은데 이게 고칠 수 있는 건지 모르겠어.
　　　비행기뿐만 아니라 꽉 찬 버스도 잘 못 타니까.
　　　아까 택시에서도 답답해서 창문을 내리고 왔어.

재홍　그런 느낌이 올 때마다 얘기해 줘.

하늘　괜히 얘기해서 주변 사람을 더 불편하게만 만드는 것 같아.

재홍　왜 불편해, 우리가.

하늘　신경 쓰게 만드는 게 마음이 쓰이더라고.
　　　다른 사람들은 다 괜찮은데 왜 나만 이럴까, 그런 생각도 들어요.
　　　네 시간 정도 비행할 때는 수면제 안 먹고 버텨보자 싶은데,
　　　안 되더라고요. 비행기가 추락할 것 같은 불안함이 아니라
　　　그냥 숨이 안 들어와. 숨이 안 들어오니까 답답하잖아.
　　　바람을 쐬고 싶어. 그런데 비행기에서는 창문을 열 수 없어.
　　　그래도 지금껏 성우가 먼저 자리도 양보해주고 정말 고마웠어.

재홍 증세를 겪지 않은 사람들은 이해 못 할 거야.
그러니 항상 얘기해 줘. 여행하다 보면 사실 정말 사소한 거
하나하나에 신경이 날카로워지기도 하고 불편해지기도 해.
그런 얘기를 서로 많이 나눌수록 여행은 더 재미있어지는 거야.
나랑 성우는 모르지만, 갑갑할 거야. 어느 정도의 갑갑함인지,
얼마나 옥죄는지는 모르니까.
도와줄 수가 없어서 더 미안하지.

하늘 나 혼자만 정신적으로 느끼는 거니까. 그래서 최대한
다른 사람들에게 폐를 안 끼치는 방법을 찾아낸 게 수면제예요.
그게 제일 낫더라고.

재홍 비행기 탈 때만 먹는 거지?

하늘 비행기 탈 때만 먹어요.

성우 수면제에 대해서 잘 모르지만, 요즘 잠 못 자는 주변 사람들이
너무 많아서, 처음에는 뭣 모르고 무례한 말을 많이 했었어요.
생각이 많아서 그런 거 아니냐. 이제는 그런 말을 안 하려고
노력해요. 형이 힘든 걸 알고, 배려를 해줄 수 있는 것 자체가
서로 함께하는 느낌이 들어요.

하늘 아이고. 그렇게 생각해주면 고맙지.
형도 그렇고, 너도 그렇고. 먼저 미리 배려해주는 것들이
나는 진짜 정말 고마워. 내가 민망해서 그런 얘기를 잘 못 했는데,
진짜 고마워.

성우 미안하게만 생각 안 했으면 좋겠어요.

해가 길어 별빛이 귀한 파타고니아의 밤.
멀리 나른하게 반짝이는 거실마다
사람들이 하루를 정리하고 있을 것이다.

맛있는 식탁엔 즐거운 이야기들이 오간다.
그릇을 비울 때까지 서로 감탄하다 보면
민망해서 아껴둔 진심도 어느새 튀어나온다.

우리가 애써 맛있는 걸 찾는 건 이런 이유에서가 아닐까?
지금 여기, 아끼는 사람들과 만족스러운 음식.
이렇게 좋은 순간이 모이면 좋은 여행이 되겠지.

억지로 잠들 필요 없는 밤, 우리의 대화는 한동안 이어졌다.

빙하 타러 가는 길

하늘

어제 마신 와인과 여태 사투를 벌이는 성우와 커피만 마시겠다는 재홍이 형. 조식에 성공한 건 나뿐이다. 빵과 햄, 치즈 사이로 풍기는 이 기름진 냄새, 다채로운 빛깔! 달걀볶음밥이다! 오랜만에 쌀로 배를 채우고, 점심으로 먹을 비장의 도시락까지 챙겨 버스에 올랐다. 로스 글레시아레스 국립공원 남쪽에 있는 페리토 모레노 빙하는 엘 칼라파테 시내에서 80킬로미터 떨어져 있다. 투어 회사에서 보내준 버스를 타고 1시간 반 정도 달리면 빙하를 볼 수 있는 전망대에 도착할 것이다.

차 안에서 먹으려고 싸 온 삶은 달걀 맛이 한국이랑 똑같네, 아르헨티나가 더 신선한 것 같네, 재홍이 형이랑 성우가 달걀 하나 가지고 투덕투덕 장난치는 소리가 왜 이렇게 듣기 좋은지. 어제도 봤지만 오늘 봐도 또 좋은 평화로운 창밖 풍경에 두 사람의 목소리가 얹히니 슬그머니 미소가 나온다.

쭉 뻗은 도로를 달리는 도중 갑자기 버스가 속도를 줄였다. 지나던 여행자들의 발길을 잡는 이곳은 아르헨티노 호수와 그 뒤를 둘러싼 안데스산맥을 시원하게 내려다볼 수 있는 장소다. 아직 새벽빛이 남은 듯 붉은 기운이 섞인 하늘과 바다 같은 호수, 그 앞에 있는 우리를 카메라에 담는 성우. 그리고 툭 떨어진 카메라.

성우의 카메라가 떨어졌다.

Photo by 홍성우

성우

또 떨어뜨렸다. 부에노스아이레스에서 한 번, 오늘 아침 숙소 앞에서 한 번. 벌써 두 번이나 떨어뜨렸는데… 카메라에 걸어둔 스트랩 연결고리가 약해졌는지 자꾸만 스트랩이 풀려 카메라가 떨어진다. 그리고 내 마음이 와장창 깨졌다. 버스에 앉아 카메라 전원을 껐다 켜도, 셔터를 눌러봐도 액정이 묵묵부답이다. 하긴, 몇 번이나 충격을 받았으니 지금까지 멀쩡했던 게 감사할 정도다. 앞으로 어떻게 사진을 찍어야 할지 막막하고 속상하기만 한데, 내가 꼬물꼬물 카메라만 만지고 있는 게 안타까운지 재홍이 형이 나섰다.

"후~"

그저 배터리에 입김 한 번 분 것뿐인데, 액정이 켜졌다. 나는 뭘 해도 안 됐는데? 형 숨결엔 치유의 에너지, 뭐 그런 신비한 기운이 있는 건가? 소싯적 게임팩에 낀 먼지를 불었던 내공을 자랑하며 별것 아니라는 듯 어깨를 으쓱거리는 형, 고마워요!!

재홍
다행히 성우의 얼굴이 밝아지고 기분 좋게 떠나는 길, 호수 위로 떠
다니는 빙하가 보이기 시작했다.

하나,
둘,
저기 셋.
점점 빙하 조각이 늘더니 버스가 굽은 도로를 돌자 갑자기 거대한
빙하가 나타났다. 호수 너머로 온통 환하게 빛나는데, 이거 현실감
이 너무 없어서 어안이 벙벙하다. 더 오래 보고 싶은 우리 마음을
알았는지 곧이어 나온 전망대에서 버스가 멈췄다. 문에서 내리자마
자 얼굴에 들이치는 바람이 어마어마하다. 어제 엘 칼라파테에 도
착해서 맞았던 바람의 온도와는 차원이 다르다. 저 멀리 빙하 타고
불어오는 바람이 이미 마른 뺨을 할퀴고 간다. 와, 장난 아닌데? 우
리는 하나같이 자신만의 방법으로 바람에 맞섰지만 결국 몸이 밀
릴 정도의 바람에 굴복하고 말았다. 더 가까이에서 빙하를 만나기
위해 버스로 돌아가는 길에 하늘이 말했다.

"신기하지 않아요? 우리 첫날 왔을 때 부에노스아이레스는 봄날이
었잖아. 이과수는 여름이었고. 그리고 어제는 바람 부는 선선한 가
을 날씨. 지금은 빙하, 겨울이야. 일주일 안에 사계절을 다 만났어.
아르헨티나 안에서. 이게 가능한 일인가? 벚꽃을 봤다가, 열대 밀림
에 갔다가, 빙하까지. 한 나라 안에 사계절이 다 있어요."

그러게? 진짜 사계절을 다 봤네?

요리 보고 조리 봐도 알 수 없는 빙하의 모든 것

로스 글라시아레스 국립공원에 내려 전망대를 따라 걸었다. 눈부시게 빛나는 얼음 숲이 나타났다. 페리토 모레노 빙하Glaciar Perito Moreno다. 세계에서 가장 아름다운 빙하로 꼽히는 이곳의 이름은 처음 빙하의 존재를 예측했던 아르헨티나 탐험가 프란시스코 모레노를 기념해 지어졌다. 빙하는 평균 높이 74미터, 폭 5킬로미터, 길이 30킬로미터에 달한다. 이 거대한 빙하는 태평양의 습한 공기에서 시작되었다. 안데스산맥을 넘어 눈이 된 태평양의 습한 공기가 수만 년에 걸쳐 켜켜이 쌓이고, 압력을 받아 마침내 완성된다.

성우   이상하다, 느낌이.

재홍   어색해.

성우   뭔가 잘못된 것 같지 않아요? 기후의 잘못된 변화로 인해서 산까지
            다 얼어버린 것 같은.

하늘   갑자기 툭 튀어나온 거 같아.

재홍   흰색이라고 하기엔 너무 푸르다.

성우   저는 빙하가 이렇게 파랄 줄 몰랐어요.
            감당이 안 된다. 감당이 안 돼.

재홍   그거 알지? 감당 안 되는 것 보면 웃음밖에 안 나오는 거.

하늘   눈 앞에 펼쳐진 게 너무 말이 안 돼서.

누가 칼집을 낸 듯 뾰족하게 날이 선 얼음이 푸른 빛을 내며 끝없이 펼쳐 있다. 아무리 봐도 세상엔 없을 법한 기이한 모양이다. 게다가 하얄 줄만 알았던 빙하가 푸른 빛을 내다니. 알고 보니 높은 압력을 받아 만들어진 빙하에 햇빛이 통과하면 파장이 짧은 푸른 빛을 반사하기 때문에 우리 눈에 그렇게 보이는 거란다. 파란 하늘 밑 희푸른 빙하와 파란 호수… 이거 어디서 봤는데? 아! 파란색과 하얀 줄무늬인 아르헨티나 국기를 닮았다.

가까이 갈수록 더 거대해지는 빙하에 웃음만 나온다. 페리토 모레노 빙하의 면적이 250제곱킬로미터, 부에노스아이레스의 면적은 203제곱킬로미터. 그러니까 빙하가 이 나라 수도보다 더 넓다. 전세계 대부분의 빙하가 줄어드는 반면, 페리토 모레노 빙하는 자라나고 있다. 계곡에서 만들어진 빙하는 아르헨티노 호수를 향해 하루 최대 2미터씩 전진하고, 호수까지 내려온 빙하는 무너지며 장관을 만들어 낸다는데… 그 장관을 우리도 볼 수 있을까?

빙하를 정면으로 볼 수 있는 전망대까지 내려와 그 어떤 방해물도 없이 페리토 모레노 빙하를 마주했다. 거대한 빙벽에 압도당하는 순간이다. 한참 이어진 정적을 깨뜨린 건,

재홍　빙하? 빙하! 빙하…

성우　*빙하 타고~*

함께　*내려와~ 음음~~*
　　　내 친구 둘리는 귀여운 아기 공룡.
　　　호잇! 호잇! 둘리는
　　　초능력 내 친구~

둘리 고향이 여기일 수도 있다는 생각에 화음까지 넣어 한 곡 뽑았다. 만화에 나왔던 그 장면처럼 호수 밑 감춰진 빙하에 아기 공룡이 잠들어 있을 것 같아 가만히 들여다봤다. 호수 빛깔이 특이하다. 전망대 왼편은 회색, 오른편은 푸른색이다. 빙하가 녹은 물은 보통 불투명한 푸른빛이지만, 석회질이 더 많을수록 탁한 우윳빛에 가까워진다고 한다. 한눈에 확연히 보일 만큼 농도가 다른 물이 우리 앞에서 신비롭게 섞여 푸른 아르헨티나 호수에 섞여가고 있었다. 그때 이곳 가이드가 다가와 재미있는 얘기를 전해줬다. 2, 3년에 한 번씩 생기는 빙하 터널이 있는데, 운이 좋게도 1년 만에 생긴 터널을 지금 볼 수 있다는 것이다. 그가 가리킨 방향에 빙하가 호수 쪽으로 내려오다 육지에 맞닿아 생긴 터널이 있었다. 그러고도 빙하는 계속 밀려오기 때문에 터널은 결국 무너지는데, 2016년에 만들어진 터널이 붕괴했을 땐 그 장면이 전 세계에 보도될 정도로 진귀했다고 한다.

재홍   와르르 쏟아지는 모습 보고 싶다.

성우   그 소리가 듣고 싶어요.

하늘   우지끈, 빵!

안 되겠다. 터널 무너지는 건 못 보더라도, 빙하 조각 떨어지는 건 제대로 보고 가야겠다.

Photo by 오성우

라스트 우지끈 빵!

아까부터 빙하 갈라지는 소리가 들렸던 오른쪽 전망대로 발길을 옮겼다. 아니나 다를까, 호수에 작은 유빙이 둥둥 떠다닌다. 우리와 비슷한 생각을 했는지 다른 여행자들도 이미 우측 전망대에 모여 있었다. 가이드가 말해주길, 빙하는 하루에 몇 번씩 붕괴하지만 때에 따라 못 볼 수도 있단다. 빙하가 떨어지는 장면을 보게 된다면 사진을 찍으려 하지 말고, 그 순간을 오롯이 두 눈으로 즐기라고 했다.

"Cross your fingers 행운을 빌어!"

행운을 빌어주고 떠난 자리에서 차가운 얼음만 보고 있자니 속을 뜨끈하게 덥혀줄 어묵탕 생각이 절실해졌다. 그 소망은 꼬리에 꼬리를 물어 떡볶이, 순대, 오징어튀김, 컵라면으로 이어졌다. 예상보다 장기전이 될 것 같아 벤치에 자리를 잡고 숙소에서 사 온 비장의 도시락을 꺼냈다. 메뉴는 바로, 김밥이다! 이렇게 숲을 이룬 빙하도 상상 못 했지만 그 앞에서 김밥을 먹을 수 있을 줄은 정말 쌀알만큼도 생각 못 했다. 린다 사장님의 따뜻한 손맛 덕분에 소풍 나온 느낌으로 김밥 한입 먹고, 빙하 한 번 보고, 김밥 한입 먹고, 빙하 한 번 보고. 단무지 씹는 소리뿐, 빙하는 고요하기만 하다.

우지끈~

빙하 조각이 무너지는 소리가 들리다 싶어 재빨리 눈을 굴렸지만,
반대편에서 떨어졌는지 보이질 않는다.

우지끈!

또 소리가 들려 애써 찾아냈더니 이미 작은 빙하 조각이 떨어져 호
수에 둥둥 떠다니고 있다. 떨어지는 그 순간을 눈으로 포착하는 게
생각보다 힘들다. 어디선가 작은 소리만 들려도 미어캣처럼 일어났
다, 다시 실망하고 앉기를 여러 번. 한 시간을 그렇게 있었더니 이
제는 한기가 피부를 뚫고 뼈까지 스민다.

성우   제가 어제 진짜, 진짜 멍청한 소리를 했어요.

하늘   그래, 빙하를 가는데 안 추울 리가 없지.
       별로 안 추울 거라 생각하고 온 게 바보 같아.

성우   눈이나 얼음은 오히려 녹으면서 열을 방출한다고.
       제가 멍청한 소리를.

재홍   눈이 뭐? 열을 내?

함께   하하하하하.

아무리 추워도 제대로 한 번만, 마지막으로 딱 한 번만 보고 싶은데, '라스트 우지끈! 빵!' 그게 그렇게 욕심인가? 우리 앞쪽에 스카이다이빙 모양을 한 빙하에 관심이 쏠렸다. 우리가 부에노스아이레스 하늘에서 떨어졌던 것처럼, 저 커다란 빙하도 떨어지면 좋겠다며, 화살로 쏘면 어떨까? 하는 엉뚱한 상상까지 이어졌다.

시간은 흘러 오전 11시 20분이 되었다. 스카이다이빙 빙하도, 그보다 더 작은 빙하 조각도 더는 떨어지지 않았다. 오후엔 이미 예약해둔 트레킹이 있어 마냥 앉아 있을 수만은 없기 때문에 10분만 더 기다렸다가 전망대를 떠나기로 했다. 곧 저 멀리 작은 조각이 떨어져 나갔고 다시 빙하는 조용해졌다. 이제 남은 시간은 앞으로 5분. 한 시간 넘게 기다렸어도 못 보면 어쩔 수 없는 거라며 애써 담담하게 굴었지만 그래도 아쉽다 싶은 순간!

콰르르르르릉~

천둥 같은 소리를 내면서 커다란 빙하 조각이 떨어져 나갔다.

하늘   우와!

성우   우와! 우와아아아아아!!!!!

재홍   우와아!!!!

함께   봤다!!!

간절한 마음이 통한 걸까? 빙하의 너그러운 선물일까? 떠나기 5분 전, 말로만 듣던 장관을 드디어 봤다. 심지어 이번엔 먼저 소리를 듣고 찾아본 게 아니라, 빙하가 갈라지는 소리를 낼 때부터 떨어지기까지 온전하게 다 본 거다. 온몸이 저릿할 정도로 놀란 마음을 정리할 새도 없이, 떠날 시간이 왔다. 한 번이라도 제대로 본 게 어디냐며 만족했지만, 혹시나 한 번 더 볼 수 있지 않을까 하는 바람이 발걸음을 붙잡았다.

결국 우리가 떠나고 햇빛이 강해지자 기대했던 스카이다이빙 빙하가 무너졌다고 한다. 하지만 실망과 기대를 되풀이하던 끝에 만난 우리만의 빙하 조각. 그 장소, 그 시간이 아니라면 볼 수 없는 단 하나의 장면을 우리는 소중히 기억할 것이다.

걸어서 빙하 속으로

먼발치에서 만났던 빙하를 직접 느껴볼 수 있는 트레킹 시간이 가까워졌다. 하지만 모든 일엔 준비가 필요한 법! 먼저 기념품샵에 들러 컵과 모자, 장갑, 넥워머 등 필요한 물건을 야무지게 구입했다. 마지막으로 배를 든든하게 채워줄 점심 식사까지 끝내고, 중무장을 마친 우리는 선착장에 도착해 보트에 올랐다.

서서히 움직이기 시작한 보트. 우리는 빙하를 눈에 직접 담기 위해 갑판 위로 올랐다. 눈부신 태양과 강 위로 떨어져 나온 빙하의 조각들. 탄성이 새어 나오는 가운데, 저 멀리 있던 페리토 모레노 빙하가 점점 가까워진다.

하늘   우와 터널이야!

성우   터널의 뒤편이다.

운이 좋아야 볼 수 있다던 빙하 터널인데, 그 뒤편까지 보는 행운을 누리게 됐다. 온 신경을 집중해서 사진을 찍고 카메라 모니터를 확인한다. 이게 여기 있으면 안 되는 것 같은데… 사진이 잘못 찍힌 건 아닐까? 직접 찍은 사진을 보면서도 의심이 든다. 두 눈을 비비고 다시 한번 보게 할 만큼 비현실적으로 아름다운 풍경이다.

재홍   진짜 높이가 아파트 15층 정도 되는 것 같지 않아?

하늘   대단하다. 이런 게 어떻게 만들어지지?

재홍   근데 빙하가 산이 아니잖아. 얼음덩어리잖아.

성우   밑에도 더 큰 게 있는 거지.

재홍   그러니까. 보이는 것만으로도 이미 엄청 크게 느껴지잖아.

하늘   빙산의 일각이라는 말이 그런 뜻이네요.

성우   빙하 위를 걷긴 걷네요.

하늘   지금 그걸 하러 가는 거지.

Photo by 옹성우

photo by 옹성우

빙하 코앞까지 다가오니 규모에 완전히 압도당하는 느낌이다. 감탄을 주고받는 사이 건너편 선착장에 보트가 도착했다. 이제 얕은 언덕을 넘어 미니 트레킹의 시작점까지 걸어갈 차례다. 그런데 언덕 위에서 우리를 환영하는 낯익은 실루엣이 보인다.

재홍　하늘아!

하늘　어? 어휴 깜짝이야.

재홍　너 여기 왔었어?

성우　형 그 자체인데요, 지금? 하하하.

하늘　똑같아?

재홍　약간 뺨에 바람을 좀 넣어 봐. 선글라스가 똑같아. 하하하.

머리에 쓴 비니와 보잉 선글라스, 넥워머와 모자 달린 상의까지 다른 점을 찾기가 더 힘들다. 살아 움직이는 하늘과 나무조각 하늘의 만남에 한바탕 웃음을 쏟아냈다.

photo by 옹성우

전망대에서의 여운이 남은 건 모두 마찬가지다. 다시 한번 빙하가 무너지는 장관이 보고 싶어, 트레킹 시작점까지 걷는 내내 눈길이 빙하에 머문다. 제일 끝에 간당간당하게 달린 커다란 빙하에 가능성을 점쳐보지만, 확률은 희박해 보인다. 다음에 오는 누군가가 그 행운을 누리겠지? 때마침 작은 빙하 한 조각이 부서졌다. 아쉽지만 작은 조각에 만족해야겠지.

착실히 걷고 또 걸어 트레킹 베이스캠프에 도착했다. 우리가 하게 될 미니 트레킹은 모레노 빙하의 푸르른 속살을 가장 가까이에서 보고 느끼고 맛보고 즐길 수 있는 최고의 방법! 곧 우리의 두 발로 페리토 모레노 빙하 곳곳을 누비게 된다. 우선 안전을 위해 헬멧과 아이젠부터 착용했다. 그리고 베이스캠프 옆 알 사람은 다 안다는 인생 사진 스폿! 아르헨티나 국기와 국립공원 표지판 앞에서 함께 기념사진을 남겼다.

트레킹 준비가 완료됐다. 이제부터 약 두 시간 동안 빙하 측면에 위치한 얼음 골짜기 위를 돌아볼 것이다. 본격적인 트레킹에 앞서, 우리를 안전하게 이끌어줄 두 가이드와 인사를 나눴다. 가이드는 우리에게 빙하를 걷는 동안 꼭 지켜야 하는 주의사항을 일러줬다.

- 따로 다니지 말고 가이드의 발자국만 따라간다.
- 발목이 접질릴 위험이 있기 때문에 절대 옆으로 걷지 않는다.
- 내려갈 때는 반드시 발을 평평하게 딛는다.

주의사항을 복기하며 가이드의 뒤를 따라 빙하를 오른다. 쇠로 만든 묵직한 아이젠의 무게 때문에 발걸음이 신중해진다. 다른 소리는 아득해지고, 한 발짝 한 발짝 걸을 때마다 사각거리는 빙하 소리만 크게 들려온다.

제일 먼저 발걸음이 멈춘 곳에는 빙하수가 작은 연못처럼 고여 있
다. 가이드의 설명에 따르면, 우리 앞의 맑은 물은 햇빛을 받은 눈
과 얼음이 녹아 생긴 것이라고 한다. 특히 해가 늦게 지는 지금 같
은 계절에는 더 많이 생겨, 계속해서 빙하의 지형을 변하게 만든다
고. 그 때문에 이곳의 트레킹 코스 또한 매일매일 바뀐다고 한다.
왠지 이곳의 비밀을 하나 알게 된 기분인걸?
파란 호수처럼 고여 있는 빙하수를 보니 시원하게 한잔 들이켜보
고 싶다. 가이드에게 허락을 받자마자 쪼그리고 앉아 두 손에 한가
득 빙하수를 담아 마셨다. 머리끝부터 발끝까지 짜릿한 맛이 전해
진다.

재홍   맛이 어때?

하늘   아우~ 물맛이 다르구먼!

성우   우하하. 재홍이 형 컵에 물 따랐다. 컵 잘 가져왔네요.
       컵으로 마시는 건 또 다르다!

이럴 줄 알았다는 듯 자연스럽게 아까 산 기념품 컵이 튀어나왔다.
우리는 동네 약수터에서 약수 뜨듯 한 컵 가득 빙하수를 담아 시원
하게 들이켰다. 물이 술술 들어간다. 이 집 물 잘하네!

다시 빙하 길 위에 올랐다. 걷는 중간중간 빙하수가 흐르는 모습과
구멍이 눈에 띈다. 물란Moulin이란 것으로 빙하가 녹은 물이 얼음을
뚫어 만든 구멍이다. 이때 물은 빙하의 밑바닥까지 내려가 아래로
흐르는데, 호수까지 이어지기도 한다고. 트레킹 도중 쉽게 마주치
게 되는 물란은 빙하 곳곳에서 다양한 크기와 모양으로 푸른 빛을
뿜으며 존재감을 과시한다.

성우   여기 아래로 이렇게 풍덩 빠져서 헤엄치면
      저 호수로 나갈 수 있겠네요?

하늘   응! 저기로 나가는 거지.

성우   갈 때 그렇게 가면 되겠다.

물란 속에 쏙 들어가 호수로 미끄러져 나가
는 엉뚱한 상상을 하며 다시 가이드의 뒤를
따랐다. 멀리서 바라볼 때는 건조하게만 느
껴졌던 빙하. 하지만 깊숙한 곳까지 들어오
니 아이러니하게도 물의 힘이 느껴진다. 우
리는 물이 지나가며 만든 빙하의 구멍 앞과
빙하 계곡 앞까지 지나쳐, 웅장함이 느껴지
는 거대한 빙벽 아래에 멈춰 섰다.

하늘   이 빙벽은 얼마나 오래됐어요?

가이드 이곳은 만들어지기까지
       약 400년 가까이 걸리기도 합니다.
       정상에서 여기까지 빙하가 오는데
       거의 400년이 걸려요.

하늘   그럼 우리가 지금 서 있는 곳이
       빙하 중에 나이가 제일 많은 곳이야.
       밀려온 빙하 중에서 제일 먼 곳이니까.

내가 밟고 있는 빙하가 400년 된 어르신들
이라니… 아연실색할 일이 차고 넘친다. 가
이드는 이번엔 전망 좋은 곳으로 안내하겠
다며 우리를 또 다른 길로 이끌었다. 그러자
눈앞에 웅장하게 서 있던 빙벽은 온데간데
없이, 가슴까지 뻥 뚫리는 언덕이 나타났다.
가이드 말마따나 전망이 정말 좋은 곳이다.
이곳에 올라오니 각양각색의 빙하들이 눈
을 즐겁게 해준다. 날카롭게 솟아오른 빙
하의 봉우리부터, 평지처럼 드넓게 펼쳐진
빙하, 다닥다닥 기묘하게 세워진 빙하들까
지… 이 빙하들의 모습은 바로 수백 미터
아래 있는 기반암의 모양에 따라 결정된다
고 한다. 눈앞의 빙하를 빚어낸 더욱 거대
한 바닥을 생각하니, 새삼스레 발아래 풍경
이 다르게 느껴진다.

완만한 내리막길을 걸어 위스키와 컵이 놓인 작은 테이블 앞에 도
착했다. 투어의 대미를 장식할 순간이 온 것이다. 많은 이들의 여행
후기에서 봤던 미니 트레킹의 마무리이자 하이라이트! 이미 다 알
면서도 자꾸만 확인하고 싶어지는 마지막 코스! 수백 년 전 만들어
진 빙하의 조각을 띄워 마시는 위스키 온더록스 한 잔이다. 얼음 계
곡 위에서 차가워진 몸을 뜨뜻하게 데워주는 마무리라니… 위스키
보다 낭만에 먼저 취할 것 같은데?

한 가이드가 위스키와 초콜릿을 챙겨 오자, 또 다른 가이드는 곡괭
이로 캔 400년 된 빙하를 그릇에 담기 시작한다. 얼음 캐내는 모습
을 실시간으로 보니 이제야 실감이 난다.
모든 재료가 준비되고, 가이드는 컵 위로 그릇을 털어 얼음을 뿌린
다. 빙하 조각을 컵에 담는 최고의 방법이자 퍼포먼스다. 잔 위로
차가운 시간의 조각들이 쏟아진다. 그 조각들이 위스키에 잠기고,
모두의 손에 하나씩 잔이 들렸다.

하늘　4백 년 된 얼음이야, 4백 년 된 얼음.

재홍　빙하를 마시네.

함께　Salud!

도대체 400년 묵은 빙하가 담긴 위스키
온더록스는 무슨 맛일까?

재홍　**최고다, 최고.**

성우　진짜 최고다. 빙하 위스키. 여기서 먹는 이 위스키 진짜 맛있다.

하늘　I'm in HEAVEN!

황홀하다. 위스키 한 모금에 온몸이 녹아내리는 것 같다. 우리는 400년 된 얼음을 입에 담은 채, 400년 된 빙하에 한 번 더 건배했다.

photo by 이한대홍

빙하 띄운 위스키 한 잔과 달콤한 초콜릿이 우릴 무장해제 시켰나…
서로를 바라보는 시선에 자꾸 웃음이 새어 나온다.
헤아릴 수 없을 만큼 긴 시간이 쌓인 저 빙하처럼
우리의 추억도 이렇게 한 겹 더 두터워진다.

대장의 위대한 계획

일주일 전 부에노스아이레스, 재홍의 여행

재홍   제가 좋아하는 영화를 비행기에서 한 번 더 봤어요.
그 영화에 나오는 음식을 조리할 생각입니다.
품질이 너무 좋은 데 말도 안 되게 저렴한 재료가 있어서요.

일주일 전 부에노스아이레스, 산 텔모 시장

성우   저희 그건 언제 먹어요? 해 먹을 수 있는 공간이 없으니까…

재홍   있지. 엘 칼라파테.

성우   아, 거기 가서?

재홍   거기는 취사가 가능해.

성우   그럼 거기서… 짜파구리를.

재홍   네가 짜파를 해. 그러면 형이 볶아서, 합치자고.

오늘, 빙하 전망대 가는 길

재홍   오늘 저녁에는 마트에서 고기 사서 짜파구리랑
이것저것 해 먹을까?

하늘   좋죠.

오늘, 빙하 전망대

성우 오늘 저녁은 짜파구리인가요?

재홍 채끝살 짜파구리.

하늘 오늘 짜파구리 먹고 나는 뻗겠어.

재홍 우리 짜파구리 몇 봉 끓여 먹을까?

아르헨티나 여행 첫날부터 이어진 우리의 맛 기행. 소고기 아사도, 양고기 아사도에 피자, 스테이크까지…
그동안 현지 음식을 충분히 즐겼으니 이젠 때가 됐다. 스리슬쩍 고향 생각이 떠오르는 여행 중반, 한국 음식으로 향수병을 달랠 차례다. 그리하여 준비한 오늘의 메뉴는 바로! 영화 〈기생충〉에 등장하며 전 세계인의 침샘을 자극했던 '채끝살 짜파구리'다.
취사가 가능한 숙소에 왔겠다, 저녁 시간도 여유롭겠다. 부에노스 아이레스에서부터 꿈꿔왔던 원대한 계획을 펼칠 때가 됐다는 신호 아니겠어?

장보기 전 먼저 할 일이 있다. 열심히 검색해봤지만 찾지 못한 단어 '채끝살'. 아무래도 이 나라 말로 채끝살이 무엇인지 알고 가야 할 것 같다.

재홍   저희 마트 가려고요. 소고기 부위 중에 꽃등심이 스페인어로 어떻게 될까요?

사장님   아르헨티나 소고기가 맛있지. 꽃등심을 여기서는 비페 안초Bife Ancho라고 해요. 비페 안초는 마블링이 약간 있지만 한국처럼 많지는 않아요. 또 뭐 사고 싶어요?

재홍   채끝살은 어떻게 되나요?

사장님   채끝살은 잘 없을 거예요. 대신 안심Lomo이 맛있어요.

오랫동안 품어온 계획을 실천할 오늘 저녁.
아르헨티나에서 제대로 장을 보는 건 처음
이라 설렌다. 사장님께 감사 인사를 전하
고 숙소와 가까운 거리에 있는 마트로 출발
했다. 문틈으로 진한 아사도 향기를 풍기는
식당들을 지나쳐, 곧 유리창에 과일 스티커
가 다다다닥 붙은 마트 앞에 도착했다.
뭐부터 사야 할까 길게 고민할 필요가 없
다. 메인 메뉴가 기다리는 정육 코너로 직
진이다. 투명한 냉장 시설 너머에는 붉은
고기들이 풍족하게 쌓여 있다. 꽃등심을 찾
아 가격표를 살펴보는데… 어라? 꽃등심이
445페소. 약 9,000원이다. 아마도 100그램
당 가격이겠지?

재홍 올라. 꽃등심 주세요.

직원 꽃등심 얼마나 드려요?

재홍 저건 100그램당 가격인가요?

직원 1킬로그램요.

재홍 1킬로그램에 445페소라고요?

직원 네. 1킬로그램 가격이에요

하늘 1킬로그램에?

재홍 1킬로그램에 9,000원이라고? 꽃등심
     1킬로에 9,000원?

하늘 그게 말이 되나? 이거 진짜예요?
     맞아요?

성우 1킬로에, 1킬로에 맞아요?

재홍 꽃등심 1킬로그램에 9,000원!

귀를 의심하게 만드는 가격에 우리 모두 앵무새처럼 같은 말만 반복한다. 그러다 마침내 이 가격이 진짜라는 게 실감 날 때쯤엔 입가에 삐죽 웃음이 터져 나왔다. 야심 차게 손가락 두 개를 펼쳐 보이며 2킬로그램을 주문했다. 저울 위에 한가득 올라간 고기양을 보니, 어림잡아도 스테이크 열 개는 족히 나올 분량이다. 혹시 그사이에 가격이 바뀐 건 아닐까, 직원이 붙여준 가격표를 한 번 더 확인했다. 꽃등심 2킬로그램에 18,000원. 생각할수록 놀랍다.

재홍 와, 여기 살고 싶다…. 안심은 얼만지 한번 볼까?
      안심은 394페소. 안심은 더 싸.

하늘 안심도 좀 사지 뭐.

재홍 그럴까? 안심 조금만 사서 쟁여 놓을까?

하늘 좋아요.

재홍 내일 먹어도 되고 또 캠핑 가서 먹어도 되니까, 우리.

정육 코너를 벗어나다가 백스텝을 밟아 다시 가격표 앞으로 돌아왔다. 안심은 1킬로그램에 8,000원. 짧은 고민 끝에 약 3,700원을 주고 안심 350그램을 추가로 구입했다. 고기는 많을수록 좋으니까!

다음으로 방문한 곳은 가공육 코너. 햄, 소시지, 베이컨… 다양한 종류의 가공육 중에서 베이컨을 조금 구입하기로 했다. 썰어 달라는 말에 직원은 즉석에서 커다란 기계로 베이컨을 자르기 시작했다. 베이컨은 이렇게 자르는구나… 난생처음 보는 신기한 광경이다. 거기에 담백하면서도 쫄깃한 살라미 시식까지!

우리는 마트 삼매경에 빠져버렸다. 소스 코너엔 이름은 헷갈려도 맛은 또렷이 기억나는 치미추리 소스가 줄지어 서 있다. 와인 천국답게 주류 코너는 자그마치 세 벽면을 차지하고 있다. 바닥에 즐비한 대용량 와인병 크기가 사람 얼굴 두 개만 하다. 하지만 오늘은 와인을 쉬어 가는 날. 저녁 식사에 곁들일 맥주만 골랐다.
이어 버터, 식빵, 주스, 간식거리, 마늘, 양파, 샐러드… 재료들이 한데 모인 그 맛을 상상해가며 물건들을 신중하게 골라 담았다. 필요한 것만 산다고 샀는데 어느새 카트 가득이다. 장보기가 끝나고, 카트에 담겼던 물건들이 계산대 위에 올랐다. 끝나지 않는 바코드 소리. 삑~ 삑~ 같은 음의 기계음이 계속되니 슬슬 가격이 걱정된다. 바코드 소리가 멈췄다. 총 가격은 8만 원. 바리바리 가득 담은 것들에 소고기 꽃등심과 안심까지 더했는데 8만 원이라니. 장바구니가 넘치고 손이 모자라도록 장을 보니 왠지 부자가 된 기분이다. 그럼 이제부턴 숙소로 돌아가 맛있는 계획을 실천에 옮길 시간이다!

오늘은 우리가 꽃등심 짜파구리 요리사

재홍 하늘아, 성우야. 내가 아르헨티나 올 때부터
진짜 해보고 싶었던 음식이었어. Vamos!

신선한 재료도 준비됐겠다. 이제 남은 건 요리뿐. 잠시 후면 익숙하
면서도 낯설 그 맛을 느끼게 되겠지?
메인 셰프와 보조 셰프, 기타 잡일까지 각자 역할을 철저하게 분배
했다. 가스레인지에 불을 붙이고, 라면 끓일 물도 올렸다. 식탁 위
에 테이블 매트까지 깔아 놓으니, 잠시 린다 사장님께 심부름을 다
녀온 하늘이 충격적인 이야기를 전해준다.

하늘 린다 사장님이 고기 잘 샀냐고 물어보셔서 고기가 왜 이렇게
싸냐고 했거든요. 엄청나게 오른 거래요, 지금.

재홍 오른 거라고?

하늘 나 깜짝 놀랐어. 원래 1킬로그램에 1페소였대요,
형. 1킬로에 1페소.

성우 아, 진짜요? 1킬로에 1페소면.

하늘 물론 말씀하시는 건 20년 전이지만.
그래도 그때 비해서 400배 올랐대.

재홍 역시 아사도의 나라. 아사도국.

20년 전에는 꽃등심 1킬로그램에 약 20원이었다니… 그야말로 도
시 전설 같은 이야기다.
하지만 감탄을 길게 늘어놓기엔 허기진 배가 야단났다. 서둘러 본
격적인 고기 손질과 소스 만들기에 나섰다. 까만 소스와 빨간 소스
가 만나 특제 소스가 완성됐다. 다음엔 오늘 저녁 식사에 화룡점정
을 찍어줄 꽃등심 차례다. 아르헨티나의 꽃등심은 이상하게 써는
것만으로도 침샘이 폭발한다.

재홍   소고기 많이 넣자.

성우   고기랑 면이랑 1:1 비율이겠는데요.

재홍   아르헨티나에서만 가능한 일이야.

성우   게다가 꽃등심이잖아요.

재홍   소고기를 집에 가져가고 싶다, 기념품으로.

면은 최대한 늦게 삶아 고기 익히는 속도와 맞추기로 했다. 끓는 물
에 라면 6개를 넣고 설익힌 후, 약간의 물만 남기고 모조리 버렸다.
이제부턴 고기 구울 시간이다.

재홍   기생충 보면 8분 걸렸나?

성우   네, 8분 만에.

재홍   빨리하자.

성우   시간도 맞춰야 해요?

재홍   그럼. 영화에서 조여정 선배님 대사가 있었어. 미디엄 웰던.
        내가 이거 하려고 비행기에서 영화를 한 번 더 봤지.

하늘   경이롭다.

손으로는 고기를, 눈으로는 면을 보며 적절한 타이밍을 맞춘다. 그
리고 하나가 될 타이밍이 왔다.

재홍 고기 좀 먹어볼까, 맛이 어떤지?

하늘 고기만 먹어도 맛있지. 딱 좋게 짭조름해. 맛있지?

재홍 이제 고기 넣을까?

하늘 끓는다, 끓어. 자, 들어오세요. 고기님.

성우 가자. 퐁당퐁당 퐁당.

재홍 완성됐습니다.

Enjoy, 짜파구리

아르헨티나산 꽃등심 짜파구리가 식탁에 올랐다. 고소한 소고기 냄새와 두 소스의 강렬한 향이 얽혀 온 집안을 휘감는다. 따끈한 즉석밥과 고추 참치까지 준비됐으니, 더는 허기를 외면할 수 없다.

하늘   와! 비주얼. 형, 나는 냄비 뚜껑에 먹으면 안 돼?

재홍   그럴래? 먹을 줄 아는군, 역시.

성우   얼른 먹어볼까요?

하늘   먼저 맥주로 입가심할까?

함께   Salud!

재홍   Enjoy!

하늘   아니, 뭐 이거 짜파구리가 다 똑같은 맛이죠.
이렇게 한다고 뭐······.
와!! 형, 성우야! 어때? 하하하.

성우   음··· 음!!!

재홍   이건 진짜···.

하늘   소고기가··· 기가 막히죠, 형?

재홍   너무 맛있다.

하늘   가격으로만 따졌을 때 한국에서는 절대 같은
클래스가 될 수 없는 두 재료가 하나가 됐네.

성우   여기서는 같은 클래스.

재홍   파타고니아에서 짜파구리라니.

하늘   형이 요리를 잘해서 그런 거 같아요.

재홍   그냥, 소고기가 맛있는 거야.

하늘   에이, 고기 구울 때 손목 스냅 했잖아요.

재홍 린다 사장님이 한국보다 마블링은 없는데
      부드러울 거라고 그러셨잖아. 딱 그래.

하늘 딱 그러네.

재홍 기름기는 많이 없는데 엄청 부드럽네.

하늘 짜파구리 만들 때, 성우가 한 것처럼 미리 양념을
      만들어 놓아야 하는 거예요?

재홍 그렇게 하면 더 빨리할 수 있지.

성우 그냥 하면 면에 막 뭉쳐서 잘 안 풀어지거든요.

하늘 양념을 어떻게 만든 거야?

성우 소스 가루에 물을 조금 타요.

하늘 올리브유도 넣고?

성우 올리브유 하나 넣으면 더 잘 되죠.

하늘 집에서 한번 해 먹고 싶어서.

성우 짜파구리가 사실 1인분, 2인분 이렇게 만들어 먹어야
      훨씬 맛있게 잘 나와요. 면 익히는 거랑 물양이랑 조절을 빨리빨리
      할 수 있으니까. 바로 딱 볶으면 진짜 맛있는데.

하늘 그러면 짜파게티 하나, 너구리 하나 이렇게 두 봉?

성우 네, 그렇게 하고 소스 조절만 하면 돼요.

재홍 고기를 안 넣을 거면 너구리 소스를 조금 덜 넣는 게 좋아.

성우 불닭게티도 맛있는데.

280

하늘 　맛있겠다, 그것도. 내가 매운 걸 진짜 못 먹어. 그래서 불닭볶음면을 제대로 먹어본 적이 한 번도 없어. 남들 먹을 때 한 젓가락 먹었지.

성우 　저는 매운 걸 잘 먹는 편은 아닌데 못 먹지도 않거든요. 고등학교 3학년 때 불닭볶음면 편의점 레시피에 빠져서.

하늘 　그게 뭐야? 그게 뭐야?

성우 　불닭볶음면에 치즈 삼각김밥을 넣은 다음에, 스트링치즈를 잘게 넣어요. 그리고 수저 하나로 떠먹으면 그렇게 맛있어요. 거기 빠져서 맨날 먹었어요. 재홍이 형 드셔 보셨어요?

재홍 　먹어봤지.

하늘 　그러니까 군대에서 먹는 그런 느낌인가?

재홍 　좀 깔끔하게. 군대 느낌은 아니야.

하늘 　아, 그래요? 하하. 냉동 먹는 그런 기분 아닌가?

재홍 　나는 냉동에 중독돼서 전역하고도 계속 냉동 먹었는데. 요즘에도 가끔 먹어.

하늘 　저도요. 나도 가끔 사 먹어요.

한국에 돌아가면 이른 시일 내에 꼭 다시 만들어 먹겠다고 다짐할 정도의 맛이다. 어떻게 이런 조합을 생각해 낸 건지 영화 〈기생충〉 제작진에게 감사한 마음이 들 정도인걸? 턱에 짜장 묻은 것도 모르고 마지막 면발 하나까지 싹싹 긁어먹은 후에야 성대한 만찬이 종료됐다.

설거지 러시안 룰렛

만찬을 즐겼으니 남은 건 설거지. 싱크대부터 식탁 위까지 그득한
설거짓거리들을 보니 막막하다. 어떻게 할까 고민하는데, 대장이
명쾌하게 답을 내렸다.

재홍   가위바위보.

하늘   하하. 기왕 가위바위보 할 거면 진짜 1도 안 도와주기.

재홍   방해하기, 방해.

하늘   어떻게 할래요? 목숨이 두 개인데 먼저 목숨 끝나는 사람이 지는
        거. 어때요?

재홍   한 번 더 기회를 주는 거네. 오케이 좋아, 좋아.

성우   이거 위험한데. 제가 가위바위보를 못 해요.

 이렇게 우리의 가위바위보 규칙이 정해졌다. 한 사람당 생명은 두
개, 생명을 모두 잃는 사람이 설거지 당첨!

Take 1. 가위바위보!
하늘 보, 재홍 바위, 성우 보
각자에게 남은 생명 = 하늘 2, 재홍 1, 성우 2.

하늘   형이 요리하고 설거지까지 하면 제일 재미있는 그림인데. 하하하.

재홍   만약에 그러면... 방해는 하지 말자. 내가 말을 잘못한 것 같아.
      만에 하나 그럴 수 있으니까.

Take 2. 가위바위보!
하늘 보, 재홍 보, 성우 가위.
그런데 아직 꼴찌가 안 정해졌다.

성우   이야! 아, 그런데 나 빠지는 게 아니지?

하늘   어, 빠지는 게 아니야.

성우   재홍이 형이 졌으면 좋겠다. 하하하. 아우, 속마음이 나와 버렸어.
      속으로 얘기한다는 게 그만.

재홍   하하하. 그렇지?

성우   하고 싶지 않아요. 솔직히 하고 싶지 않아요.

재홍   나도. 흐흐흥.

하늘   누구는 하고 싶어? 양이 많아 오늘. 하하하.

Take 2-1. 가위바위보!
하늘 가위, 재홍 바위
각자에게 남은 생명 = 하늘 1, 재홍 1, 성우 2.

Take 3. 가위바위보!
하늘 가위, 재홍 가위, 성우 보
각자에게 남은 생명 = 하늘 1, 재홍 1, 성우 1.

Take 4. 가위바위보!

재홍 준비됐어.

성우 가볼까요.

하늘 신경을 안 쓰고 있어야 해. 하세요.

성우 안 내면 진 거 가위바위보!

 하늘 바위, 재홍 가위, 성우 가위

하늘 우와! 파타고니아, 파타고니아, 파타고니아!!!
저는 식사 좀 더 하겠습니다.

Take 5. 마지막 가위바위보!

 재홍 바위, 성우 가위

성우 흐으… 흐윽…

Epilogue

재홍   난 그래도 마지막 판에 그런 생각 했었어.
       내가 이기더라도 너무 좋아하지 말아야겠다.
       근데 나도 모르게!

하늘   벌떡 일어나지죠?

성우   그런데 이게 목숨이 두 개니까 진짜.

하늘   더 떨리지?

성우   판이 뒤바뀐다.

재홍   완전 역전이었어.

성우   그럼 설거지 시작하겠습니다. 형님들!
       오늘 피곤하셨을 텐데 동생인 제가 설거지 다 할게요.

하늘   너 가위바위보 두 판 다 져서 하는 거잖아. 하하하.

성우   제가 치울 테니 편하게 맥주 드시고 계세요.

재홍   너 그토록 하기 싫어하더니! 하하하.

재홍　하늘아. 잠깐 나갔다 올까? 바람 쐬고 올까?

하늘　그럴까, 형. 나갔다 와요.

재홍　이 마을 너무 좋다.

하늘　그렇죠? 지금 10시쯤 안 됐어요?

재홍　지금? 10시 45분이야.

하늘　10시 45분?

재홍　응. 11시야, 이제.

하늘　그런데 지금 저렇게 구름이 보인다고?

재홍　7시 같지? 서울의 7시 같다. 그렇지?

하늘　저쪽은 지금 노을이 져요. 11시에.

재홍 이러니까 피곤하지. 밤낮이 개념이 없으니까.

하늘 내가 아르헨티나에 있다고 지금?

재홍 여기에서 한 달 살이 하고 싶지 않아? 한가롭게.

하늘 응. 하하하. 달그락달그락 소리가. 성우야, Salud!

재홍 옹! Salud!

성우 Salud!

재홍 별 보고 싶다.

하늘 그렇죠, 형? 여기 별 잘 보일 것 같은데.

재홍 엄청 많을 것 같아.

재홍   아르헨티나가 진짜 막연한 곳이잖아. 서울에 있을 때는
       '제일 먼 곳' 정도만 알지, 남미 오기도 쉽지 않고.
       뭐가 있는지도 잘 모르고. 사실 이과수 정도만 알았지
       파타고니아는 몰랐었거든. 그런데 진짜 너무 좋다.

하늘   나는 이과수도 아르헨티나인 줄 몰랐어요. 브라질인 줄 알았어.
      어, 별 보인다.

재홍   뭔가 몰랐던 나라가 아니라 몰랐던 세상을 온 것 같은 기분이야.
       지금.

하늘   그러네. 진짜 몰랐던 세상이네.
      이 나라 안에 사계절이 다 있다는 것부터 신기했어.

재홍   더 빨리 올 수는 없겠지? 비행시간 20시간에 어떻게 안 되나?
       흐흐. 더 빨리 올 수 있으면 좋겠다.

하늘   그러니까. 오는 방법이 좀만 더 쉬워지면
      부모님 모시고도 오고 싶은데. 그렇죠?

재홍   처음에는 15일 배낭여행이 길 수도 있겠다고 생각했거든.
       그런데 벌써 반 지났다.

하늘   그렇죠.

재홍   시간 진짜 빠른 것 같아. 벌써 조금씩 아쉬워지고 있어.

하늘   꿈이 되겠죠, 나중에. 꿈처럼 남을 것 같은데...

재홍   엘 칼라파테는 진짜 다시 와야지.

하늘   그렇죠?

재홍   응, 다시 올 거야. 다시 와야겠어.

하늘   부에노스아이레스도 예쁘고 좋았거든.
      그런데 내 스타일에 맞는 건 엘 칼라파테인 것 같아.
      공항에서 택시 타고 오는 순간부터
      그냥 너무 신기하고 너무 좋았어.

여행의 쉼표

재홍

오늘 아침은 각자 시간을 보내기로 했다. 침대 위에서 뒹굴거리는 하늘이와 단잠에 빠진 성우를 두고 바깥으로 나섰다. 나는 이 평화로운 마을을 산책하며, 아직 보지 못한 곳을 구석구석 돌아보고 올 생각이다.

포근한 햇살이 먼저 맞아주는 엘 칼라파테의 아침. 선선한 바람 사이, 하루를 시작하는 사람들의 생기 가득한 모습에 희미하게 남아 있던 잠기운마저 날아간다. 호숫가는 자전거를 타고 돌아봤으니 오늘의 갈 곳은 반대편 시가지다. 30시간을 날아 온 곳이니까 조금이라도 더 보고, 더 경험해보고 싶은 마음. 일부러 길을 돌아가면서라도 엘 칼라파테의 속살을 들여다볼 것이다.

인도를 따라 걷는데 덩치 큰 개들이 여럿 보인다. 이곳 엘 칼라파테에는 유독 큰 개가 많다. 이 친구들은 주로 맛있는 냄새를 풍기는 식당 앞이나, 자신들을 사랑해줄 준비가 된 손길 앞으로 모여든다. 파타고니아의 좋은 풍경 속에서 자라 그런가… 덩치는 크지만 순하고 예쁘다는 게 공통점이다.

처진 귀가 귀여운 개 한 마리가 졸졸 따라오더니 내 앞에 작은 돌 하나를 턱, 하니 가져다 놓는다. 던져 달라는 건가? 돌을 던져주자 한 방에 잡는다. 쫄래쫄래 걸어가던 녀석이 돌을 내려놓으면, 내가 돌을 던져 주고 녀석이 다시 받기를 여러 번. 이게 바로 돌 던지기 감옥인가 싶다. 지칠 줄 모르던 녀석은 한 번 실패하더니 냉큼 뒤도 안 돌아보고 떠나 버렸다. 쿨한 녀석. 즐거운 시간이었다, 아디오스!

얼핏 보면 가정집 같은 시청도 보고, 주유소에선 괜히 한국과 가격 비교도 해봤다. 그렇게 마을을 살피며 걷다 보니 한적한 공원이 나타났다. 공원의 안쪽에는 마을을 한눈에 내려다볼 수 있는 전망대가 세워져 있다. 가쁜 숨을 내쉬며 계단 꼭대기까지 오르니, 이럴 수가. 기가 막히는 전망이 펼쳐졌다. 땅과 가까운 집들, 그리고 그 위를 가득히 채운 하늘을 보고 있으니 새삼스레 지구 반대편에 와 있다는 사실이 실감 난다.

이번엔 저 먼 곳에서 엘 칼라파테를 지키고 서 있는 투박한 산을
향해 가보기로 했다. 피츠로이로 떠나기 전 예행 연습이랄까? 아름
다운 풍경 속에 있으니 한국에 있을 나의 고양이 레이첼이 보고 싶
다. 입양을 위해 보호소에 갔을 때, 낯선 사람이 무서워 숨는 다른
아이들과 달리 처음 보는 나에게 폭 안긴 유일한 고양이. 이런 게
바로 묘연이겠지? 한국에 돌아가면 그동안 못 준 애정까지 담아 예
뻐해 줘야지.

찬찬히 둘러보며 걷는 길에 조형물이 하나 보인다. '여기부터 엘 칼라파테입니다'라고 외치는 듯한 모양새다. 커다란 판자 위에 새겨진 빙하와 칼라파테 나무, 그리고 별. 여기에서 가장 아름다운 것들을 모아 놓은 거겠지? 쏟아지는 별들을 보고 싶은데… 해가 늦게 지니 쉽지가 않다.

'바람, 어디에서 부는지'
지금과 가장 잘 어울리는 노래를 들으며 이 순간을 만끽하기로 했다. 숙소로 돌아가는 발걸음 하나에도 미련이 남아 더디게 내려가다가, 마을이 훤히 내려다보이는 바위 위로 폴짝 올랐다. 그리고 가만히 앉아 바람을 느꼈다. 짧은 시간이었지만 현지 분위기를 제대로 느꼈다.
아마도, 오늘 산책이 이번 여행의 아주 좋은 쉼표가 되어줄 것 같다.

엘 칼라파테로 돌아오는 마법

오늘은 점심 식사도 직접 차려 먹기로 했다. 어제 잔뜩 사 왔던 음식들을 꺼내니 푸짐한 한 상이 완성된다. 빵도 굽고 베이컨도 굽고, 계란도 부치고 샐러드도 만들고. 풍족한 식탁에 우리를 엘 칼라파테로 다시 불러줄 마지막 음식이 더해졌다.

재홍   아침부터 고기를 구워 볼까요?
        아침은 등심이죠, 아르헨티나에서.

하늘   콜이죠. 아르헨티나에서만 할 수 있는 거예요.

재홍   하하하. 그렇지.

하늘   잼 좀 얻어올까?

재홍   그럴까?

성우   근데 이렇게 계속 린다 사장님한테 빌리다가 혼나는 거 아니에요?
        그만 좀 가져가요! 흐흐.

재홍   적당히 좀 해요!

재홍   우리 창문 열고 먹을까?

하늘   연유 잼 좀 얻어왔어요.

재홍   오~

하늘   이게 칼라파테 잼이래요.

재홍   칼라파테 잼이야? 우와.

하늘   먹으면 다시 돌아온대. 린다 사장님이 우리 성우랑 형님도 먹으래.
             엘 칼라파테에 돌아오게. 하하.

재홍   많이 먹어야겠다.

성우   돌아오고 싶다.

재홍   많이 먹으면 빨리 오나?

하늘   하하하.

재홍   칼라파테 잼 너무 맛있는데? 약간 산딸기 잼 같아.

성우   상큼하다.

재홍   칼라파테 아이스크림도 먹어야 하는데 우리.

캠핑 준비 (부제: 퍼스트 드라이버 신고식)

오후엔 코앞으로 다가온 피츠로이 캠핑을 준비하기로 했다. 파타고니아의 한복판에 텐트를 치고, 쏟아지는 별과 일출을 볼 수 있는 낭만의 총집합! 숲속에서 1박 2일을 보내려면 준비할 게 많지만, 그중에서도 가장 중요한 건 캠핑 장비를 싣고 갈 차를 빌리는 일이다. 그럼 먼저 렌터카 업체를 찾아야 할 텐데… 궁금한 게 있을 땐 역시 린다 사장님께 여쭤봐야겠지. 사장님을 찾아가 질문드리기가 무섭게 답이 나왔다. 이곳에서 가까운 곳에 있다는 업체의 위치를 듣고 곧장 길을 나섰다.

하늘   지금 날씨가 첫날보다 좋은 거 같기도 하고.
      뭔가 더 쾌청한 거 같은데요.

성우   햇볕이 좀 더 세고 바람이 좀 더 부는 거 같아요.

재홍   맞아.

하늘   성우야 너 운전면허 있어?

성우   저 있어요.

하늘   아. 그런데 지금 국제 운전면허가 없는 거지?

성우   네. 국제 면허는 어떻게 발급받아요?

하늘   음, 엄청 쉬워. 2분 만에 나오던데. 보여줄까?

성우   이거예요? 오! 형 무슨 요원 같은데요? 하하하.

재홍   그러게.

성우   국제 요원. 신예로 들어온 똘똘한 국제 요원 같은 그런 느낌.

사장님 말씀대로 아주 가까운 곳에 렌터카 업체가 있었다. 차를 빌리려면 신용카드, 여권, 운전면허증이 필요하단다. 필요한 물품들을 착착 내밀고, 운전자는 두 명으로 신청했다. 퍼스트 드라이버 강하늘과 세컨드 드라이버 안재홍. 대여 계약서에 퍼스트 드라이버의 사인까지 마쳤으니 차를 받을 때가 됐다.

재홍 빨간색 차 있었으면 좋겠다.

하늘 빨간색 좋다!

직원 This.

하늘 아! This? 검은 차래요. 헤헤.

성우 빨간색이 아니었네?

하늘 차는 검은색이지.

재홍 차는 블랙이지. 하하.

혹시 모를 상황에 대비해 차의 현재 상태를
사진과 동영상으로 남겼다. 직원에게 간단
하게 수동 기어 작동법까지 들었으니 차량
체크는 끝이다. 퍼스트 드라이버가 실전에
나설 순간이다.

하늘 항상 첫차를 타면 클러치 유격을 봐야
     됩니다. 다시 한번 체크할게요.
     음. Right. Vamos!

호기롭게 출발했는데. 갑자기 시동이 꺼졌
다. 창밖으론 우리 뒤로 다가오는 차가 보
인다. 심장이 덜컹… 긴장감이 솟구친다.

재홍 응. 뒤에 차 한 대 있어. 괜찮아. 천천히 해.

하늘 할 수 있어, 할 수 있어. 오케이! 됐어 됐어!!

재홍 잘하네.

하늘 그냥 오토바이라고 생각하면서 하고 있긴 한데.

성우 오토바이도 이렇게 해요?

하늘 그렇지. 이런 스타일은 아닌데 오토바이는 발로 하거든.
그래서 발로 한다고 생각하고 있어.

재홍 잘하는데?

하늘 클러치 감 잡았어!

재홍 여기는 신호등이 없네, 진짜.

성우 과속하는 사람이 한 명도 없는 것 같아요.
다들 여유롭게 멈췄다가 보내주고.

재홍 그렇지. 경적도 한 번도 못 듣지 않았어?

한 번 감 잡으니 거칠 게 없다. 버벅대던 차가 신나게 달려 캠핑 장비 대여업체 앞에 도착했다. 우리의 발이 되어 줄 차를 구했으니, 이젠 캠핑 장비 준비에 나설 때다.

린다 사장님이 소개해주신 곳은 캠핑에 관한 건 모든 게 다 있을 것 같은 곳이었다. 눈이 닿는 모든 곳에 텐트부터 침낭, 매트, 모자와 옷, 등산화까지 빼곡하다. 우리는 혹여 놓치고 가는 게 있을까 꼼꼼히 살펴보며 장비를 챙겼다. 빙하에서의 아찔했던 추위를 떠올리며 보온에 패션까지 챙겨줄 아이템들도 여럿 골라잡았다. 그리고 근처 마트에서는 캠핑장에서 배를 채울 각종 먹거리를 넉넉하게 마련한 뒤, 숙소로 돌아왔다.

로드 투 피츠로이

분명 뭔가 덜 챙긴 것 같은데 그게 뭔지 모르겠다. 배낭을 다시 보자. 침낭, 방한용 점퍼와 바지, 고기, 캠핑용 버너… 산에서 1박 2일 동안 캠핑할 짐을 배낭 두 개에 나눠 넣었다. 고작 하룻밤인데 밖에서 먹고 자려니 짐이 꽤 무거워졌다. 혹시 비가 오진 않을지, 밤에 춥진 않을지, 쉽지만은 않을 여정에 두 번 세 번 짐을 확인했다. 맨손으로 고기를 구울 수 없으니까 집게, 손으로 뜯어먹긴 힘들 테니 가위랑 젓가락, 맛은 소중하니까 소금도 배낭에 챙겨 두고… 핫팩과 초콜릿은 작은 가방에 넣었다. 이 정도면 거의 된 것 같은데? 마지막으로 가장 중요한 텐트는 배낭 머리 쪽에 얹어 끈으로 고정했다. 이제 장비가 없으면 그냥 맨몸으로 부딪치는 거다. 짐 싸는 데에 열중했더니 출발하기도 전에 땀이 난다.

트렁크에 배낭을 넣고 차에 올랐다. 오늘은 파타고니아에서 가장 높은 봉우리, 세계 5대 미봉으로 유명한 피츠로이를 가까이 보기 위해 산행을 떠나는 날. 우리는 40번 국도를 타고 달려 214킬로미터 떨어진 피츠로이 트레킹의 거점, 엘 찰텐에 갈 것이다. 우선은 긴 운전 길에 잠시 쉬어갈 수 있는 곳, 라 레오나까지 단번에 달리기로 했다. 먼 길 떠나는 길에 기본은 음악이지. 흥겨운 노래부터 틀어놓고, 출발이다!

성우   하늘이 형, 하루 사이에 운전실력이 또 늘었는데요?

재홍   오토매틱인 줄 알았어.
       오늘 날씨 좋은데? 조금 걱정했는데.

하늘   쾌청한데요.

성우   바람이 아주 좋다.

선글라스를 껴야 할 만큼 해가 번쩍이는 하늘 아래 엘 칼라파테 시내를 빠져나왔다. 내비게이션은 28킬로미터 직진을 알렸다. 용산에서 일산 거리를 시원하게 일자로 그저 달리면 되는 거다. 그렇게 30분쯤 달렸을까? 차 뒤쪽으로 라이더 무리가 나타났다. 한눈에 봐도 범상치 않은 오토바이 양쪽엔 큰 가방이 실려 있다. 저 여행 가방엔 어떤 것들이 들어 있을까? 여행자들이 줄지어 달리는 로드 무비의 한 장면 같은 순간, 영화 한 편 제대로 나올 것 같은 Ruta40에 들어섰다.

40번 국도를 뜻하는 Ruta40은 아르헨티나에서 가장 긴 국도로 북쪽 볼리비아 국경에 접한 라 쿠이아카La Cuiaca와 남동쪽 리오 가예고스Rio Gallegos를 잇는다. 길이가 자그마치 5,194킬로미터인 이 길은 11개 주를 가로지르고 20개의 국립공원과 자연 보호 구역을 지난다. 무지개 산과, 붉은 협곡, 소금 평야, 선인장 숲 같은 아르헨티나의 비경에 가까이 있어 이 도로를 따라 여행하는 것만으로도 입이 떡 벌어질 만큼 변하는 풍경과 계절을 만날 수 있다. 의사였던 체 게바라와 그의 친구 알베르토가 함께 라틴아메리카 대륙을 종단하며 낡은 오토바이 한 대로 달렸던 40번 국도. 이 여행길에서 얻은 마음의 울림으로 후에 쿠바의 혁명을 이끌게 된 이야기는 모험가의 가슴을 두드린다. 렌터카, 버스, 모터사이클, 자전거 등 40번 국도를 여행할 방법은 다양하다. 지금, 이 순간에도 모험과 낭만을 찾는 전 세계 여행자들이 각자의 방식으로 이 길 위에 오른다.

재홍 하늘아, 여기에서 74킬로미터 직진.

하늘 황하하. 아니, 무슨.

재홍 길이 이렇게 심플하냐.

재홍 오! 자전거다!

하늘 와~ 자전거로?

성우 저게 가능하다고?

하늘 저런 분들 꽤 있더라고.
저 자전거로 중국 횡단하시는 분들도 계시고.

재홍 나 산티아고 성지 순례길 갔을 때 산악자전거 타는 분 봤어.
말 타는 분들도 있었고.
그런 여행의 경험들은 평생 갈 것 같아.

하늘 그렇죠.

재홍 이번 아르헨티나도.

성우 맞아요.

라트비아, 나미비아, 미국, 호주, 몽골… 지난 여행의 추억과 앞으로 떠날 여행의 기대에 대해 한참 떠들었다. 입으로 이미 지구 한 바퀴 돌았다. 여행 와서 여행 얘기하는 재미가 아주 쏠쏠하다. 바람 불 때 운전하는 법, 아르헨티나 와인, 새 앨범 작곡 작업… 순서 없는 이야기가 새롭게 이어지는 동안 강풍 주의 표지판도 지나고 풀 뜯기에 한창인 동물들도 만났다.

하늘 저거 라마나 낙타 아니야? 저거 뭐야?

성우 아! 우와~

재홍 사슴.

하늘 사슴이에요?

성우 사슴이다.

재홍 라마인 것 같은데.

성우 뭐지?

하늘 라마다!

재홍 마!

성우 라마! 라마!

재홍 저기 또 있어.

성우 마! 자신 있나! 라마!

재홍 라마!

재홍 이리 와봐!

성우 이리 와봐. 마! 자신 있나!

알고 보니 사슴도, 낙타도, 라마도 아닌 라마의 친척 과나코였지만 그럼 또 어때. 신나게 웃었으면 된 거다. 끝이라곤 없을 듯 뻥 뚫린 도로, 그 옆에 구름의 그림자까지 보이는 풍경을 따라 달린다. 언제 까지고 달려도 좋고 언제든 멈춰도 상관없다. 지나는 차 한 대 만나는 게 반가울 정도로 이 넓은 세상에 우리 셋만 있는 것 같다. 뭐 이렇게 한가롭고 모습이 다양한지. 호수도, 초원도 다가왔다가 물러나고 멀리 온화한 풍경이 낮게 이어진다. 왜 그토록 여행자들이 이 40번 국도를 마음에 품는지 조금 알겠다. 헤맬 것 없이 명쾌한 길에 머릿속이 개운하다.

수동 기어를 향해 쏴라

재홍

Ruta40을 달리는 여행자들이 뭉친 몸을 풀며 잠시 쉬어가는 곳, 호텔 라 레오나에 도착했다. 엘 칼라파테에서 출발한 지 1시간 20분만이다. 여기 오기까지 얼마나 걸렸을지 모를 여행자들이 여기저기서 환하게 웃고 있다. 유독 사람들이 모여있는 팻말엔 이 자리부터 세계 각국의 수도까지의 거리가 적혀 있었다. 가만 보자… 서울은 17,931킬로미터 떨어져 있단다. 우리 참 멀리도 왔다.

311

Photo by 홍성우

긴 운전 길에 잠시 쉬려던 것도 있지만 이곳을 찾은 또 다른 이유는 실화를 바탕으로 2인조 강도 이야기를 그린 명작, 영화 〈내일을 향해 쏴라〉에 있다. 극으로 그려졌던 선댄스 키드와 부치 캐시디는 1900년대에 실제 활동했던 미국 갱단원이었다고 한다. 호텔 라 레오나는 그들이 은행을 털고 도망치는 길에 몸을 숨겼던 곳으로 그 흔적을 볼 수 있다. 건물 안에 들어서니 현상수배 포스터와 사진이 빼곡히 걸려 있다. 100년이 넘는 시간이 흐르는 동안 도시에서 뚝 떨어진 이 호텔엔 이야기만 남아 있었다. Ruta40을 상징하는 기념품을 사고 나와, 표지판 앞에서 사진을 남겼다. 이렇게 혼자 라 레오나를 즐기는 사이 하늘이는 지도를 보며 앞으로 갈 길을 미리 익혔고, 성우는 뽀얀 라 레오나 강에서 물수제비를 떴다고 한다.

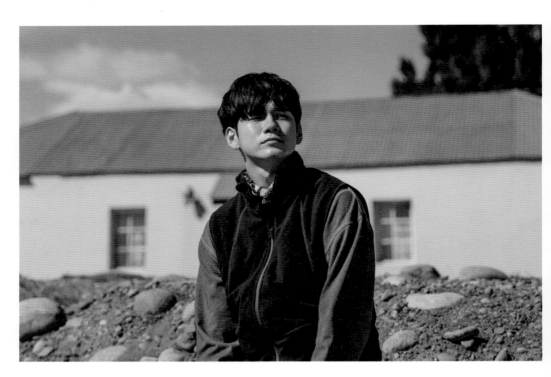

자신만의 방법으로 휴식을 취한 우리는 차에 모였다. 그리고 때가
왔다. Ruta40을 내 손으로 운전해서 달릴 것이다. 살면서 다시 만
나기 어려울지도 모를 기회다. 이 순간을 위해서 신도림 학원에서
급하게 수동운전면허를 따왔다. 운전대를 잡자 조수석에 모신 강하
늘 선생님의 가르침이 쏟아졌다.

"클러치를 밟고, 후진 넣고, 그다음에 클러치를 살살 뗄 때 보세요."

"후진은 액셀 딱히 안 밟아도 돼요. 반 클러치만 해도 차는 움직이거든요."

"클러치 깊게 누르고 넣고, 천천히 떼면서 클러치 다 떼고, 다 떼고!
클러치 깊게 누르고 1단으로~"

"그 상태 유지하고 있어야 해요, 반 클러치. 반 클러치 유지하고 있고,
유지!"

"클러치를 다 떼도 되는 순간까지 왔어. 그다음에 브레이크만 밟아봐요.
그러면 시동이 꺼져요."

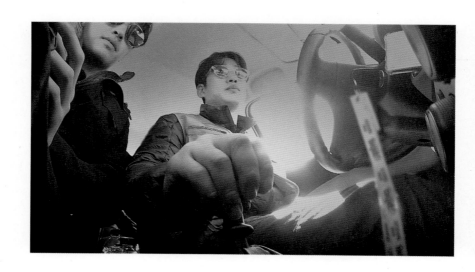

분명 서울은 17,931킬로미터 떨어져 있는데, 이 앞에 빙하가 녹은 강이 흐르고 있는데, 마치 신도림인 것 같은 이 느낌은 뭐지? 강 선생님의 뜨거운 가르침을 머리로는 알아듣는데, 두 손 두 발은 따로 자기주장을 하고 있다. 차가 부르르 떨더니 맥없이 시동이 꺼졌다. 몇 번은 꺼뜨려 봐야 한다는 강 선생님에 따라 다시 시동을 걸고, 액셀 페달을 밟으며 클러치 페달에서 슬그머니 발을 뗐지만, 또 꺼졌다. 시동이 걸릴 듯 말 듯, 요망한 페달 두 개가 사람 애간장을 다 태운다. 여기서 포기하면 Ruta40 위에서 운전할 기회는 사라진다. 다시 한 번 더 액셀 페달 밟으면서 클러치 페달을…!

지금이다! 발끝에 전해지는 이 엔진의 떨림-
나, 안재홍. 할 수 있어!
강 선생님, 보여드릴게요.
성우야, 형 믿지?

문제없이 앞으로 차가 굴러갔다. 성공이다! 생각해보니 신도림에서 장내 기능을, 아르헨티나 Ruta40에서 도로 연수다. 이 얼마나 글로벌한 학습이란 말인가. 하지만 아직 우쭐거릴 순 없다. 1단은 기어 다음에 2단으로 바꾸라고 했으니까…

'부아앙~'

엔진에서 처음 듣는 소리가 났다. 차가 화를 낸 것 같지만 힘차게 기합을 지른 거라 믿으며 왼발은 클러치, 오른발은 액셀 페달 위로! 눈앞엔 왕복 2차선 도로뿐이다. 복잡할 것 없어. 이대로 피츠로이를 향해 쏘는 거다!

우리만의 뷰포인트

재홍 수동면허 따길 잘했다. 언제 여기를 운전해 보겠어.

하늘 그러니까요, 형.

재홍 성우야, 불안해하지 마~

성우 너무 편안해요.

재홍 표정이 굳었는데?

성우 저 잠들 수도 있어요.

한번 시동 거는 건 어려웠지만 쭉 뻗은 길을 안정적으로 달리자 왼편 비에드마 호수 너머 저 멀리 피츠로이가 보이기 시작했다. 몇 시간 뒤, 저 봉우리 밑에 있을 우리들의 모습이 아직은 잘 그려지지 않는다. 두 갈래로 나뉜 도로의 왼쪽으로 차를 돌렸다. 정면에 있을 피츠로이가 다른 산에 가려 잘 보이지 않지만, 이 길을 따라가면 언젠가 나타날 것이다.

재홍　우리가 피츠로이의 일출을 볼 수 있으면 진짜 대박인데.
　　　정말 운이 좋은 사람만 볼 수 있대.

하늘　진짜요?

재홍　엘 찰텐이라는 말뜻이 연기 덮인 산이래.
　　　구름이 연기처럼 이렇게 항상 자욱했나 봐.
　　　그래서 정말 운이 좋은 사람만 빨갛게 물드는 피츠로이를 볼 수가
　　　있대.

성우　그러면 우리가 지금 보러 가는 일출은 운이 좋아야
　　　볼 수 있는 일출인 거네요.
　　　피츠로이에 좀 더 가까이 가면 더 멋있을 것 같아요.

재홍　차를 잠깐 세울까? 여기 뷰포인트에서.
　　　드라이버도 하늘이로 바꾸고.

하늘　아, 뷰포인트?

성우　뷰포인트가 있어요?

재홍　그냥 우리가 세우면 뷰포인트야. 여기 멋있는 데서 잠깐 세울까?

하늘　좋아요, 좋아요, 좋아요.

재홍　성우야, 조수석에서 볼래? 한 번씩 바꾸자. 같이 봐야지.

우리만의 뷰포인트에서 잠시 시간을 갖고 다시 차에 올랐다. 살짝 출
출한 기운이 올라 트레킹하며 먹으려던 초콜릿을 입에 넣었다. 바
람에 말랐던 혀에 달콤함이 촉- 퍼져나간다.

하늘　이 길 따라가서 저 능선 있죠.
　　　저 능선 이렇게 넘어가면 피츠로이 바로 정면에 보일 거예요.

성우　저거 같아요. 저 뾰족한 거!

재홍　보이네.

성우　느낌이 다르네.

하늘　그렇지. 눈에 딱 보인다.
　　　산이 이렇게 많은데 그중에 제일 멋있게 생겼어.

성우　진짜 장엄하다.

능선에 가려졌던 피츠로이가 모습을 드러냈다. 독보적이다. 왼쪽에서 오른쪽까지, 눈앞에 안데스산맥이 쫙 펼쳐져 있는데 유별난 그 자태가 시선을 잡아채고는 놔주질 않는다. 어울릴 만한 표현을 찾을 수 없어 그저 감탄하며 앞으로 내달렸다. 금방 손에 닿을 듯했던 봉우리가 마치 신기루처럼 가도 가도 뒷걸음질 치듯 애를 태우더니 마침내 제 모습을 가까이 보여준다. 파란 하늘을 날카롭게 가르는 바위산과 그 어깨를 감싼 구름, 대지를 뚫고 나온 듯 우뚝 솟아 덮쳐오는 광경에 숨 쉬는 것도 몇 번 잊어버렸다. 달리는 길 너머 마주한 배경이 지구의 한곳이라는 게 그저 놀라울 뿐이다. 얼마나 더 턱을 빼놓고 감탄했는지 이 장면을 멈추려 잠시 옆으로 차를 세웠다. 사진으로만 봤던 이곳은 잘린 데 없이 펼쳐져 있고 우린 그 풍경에 서 있다.

재홍 지금 이 장면이 악마의 목구멍을 이기는 것 같아.

하늘 너무 멋있지 않아, 진짜?

재홍 악마의 목구멍한테 좀 미안하네.

성우 진짜 영화. CG로 만들어낸 영화 촬영지 같아요.
      저런데 어딘가에 숨어서 누가 살고 있을 것 같고.

재홍 진짜 멋있다. 피츠로이도 좋은데 난 뒤로 보이는 길도 멋있어.
      성우야, 나 인생샷 하나 찍어주라~

성우 네, 잠깐만요!

몇 장의 사진보다 여행은 언제나 구체적이다.
길 위의 설렘과 기분 좋은 나른함,
박하사탕을 갈아 넣은 듯 시원한 바람은 책이 아닌 여기에 있다.

떠나오길, 참 잘했다.
저 먼 풍경과 우리 사이의 여백을 조금 더 음미하며
봉우리를 타고 불어오는 바람을 맞아본다.

이제 피츠로이로 더 깊이 뛰어들 시간이다!

EL CHALTÉN

세계 5대 미봉 피츠로이 아래 자리한 아담한 마을. 전 세계 트레킹 마니아들과 캠핑족이 모여드는 트레킹 성지다. 많은 여행자가 호수와 숲 너머 하얀 구름을 찢고 높이 솟아오른 봉우리를 만나기 위해, 엘 찰텐에서 휴식하거나 재정비하는 시간을 갖는다.

피츠로이도 식후경

엘 칼라파테를 떠나온 지 3시간. 처음 만난 피츠로이의 여운이 가시기도 전인데, 아무것도 없을 것만 같은 길의 끝에 엘 찰텐이 보이기 시작했다. 구불구불한 길을 마저 달리자 이윽고 마을 입구다. 거리마다 상기된 얼굴의 캠퍼들이 먼저 반겨주는 이곳. 1박 2일간의 트레킹과 캠핑을 앞둔 만큼, 우리도 이 작은 마을에서 한숨 돌리고 떠날 생각이다.

재홍 여기 다 캠핑족이네.

하늘 전 세계 캠퍼들 다 오는 곳 아니에요.

재홍 전 세계 캠퍼의 성지래. 멋있다.

하늘 음~ 맛있는 냄새나. 뭐 먹고 출발하면 안 되나, 우리.

성우 그러게요. 우리가 좀 일찍 왔잖아요.

피츠로이도 식후경 아니겠어? 시간도 남겠다, 거친 산행 전에 맛있는 식사를 하고 떠나기로 했다. 우리가 선택한 메뉴는 피자! 빈티지한 분위기의 가게에 자리를 잡고 피자와 토르티야, 콜라까지 주문을 마쳤다.

하늘 여기 와이파이 있다! 비밀번호가 '마라도나'예요.

재홍 역시 이곳의 영웅! 근데 마라도나 스펠링이…?

하늘 여기 있어요. MARADONA. 그냥 마라도나예요.

재홍 내가 생각하는 그대로구나. 흐흐흐. 마라도나.
      참 좋은 이름인 것 같아.

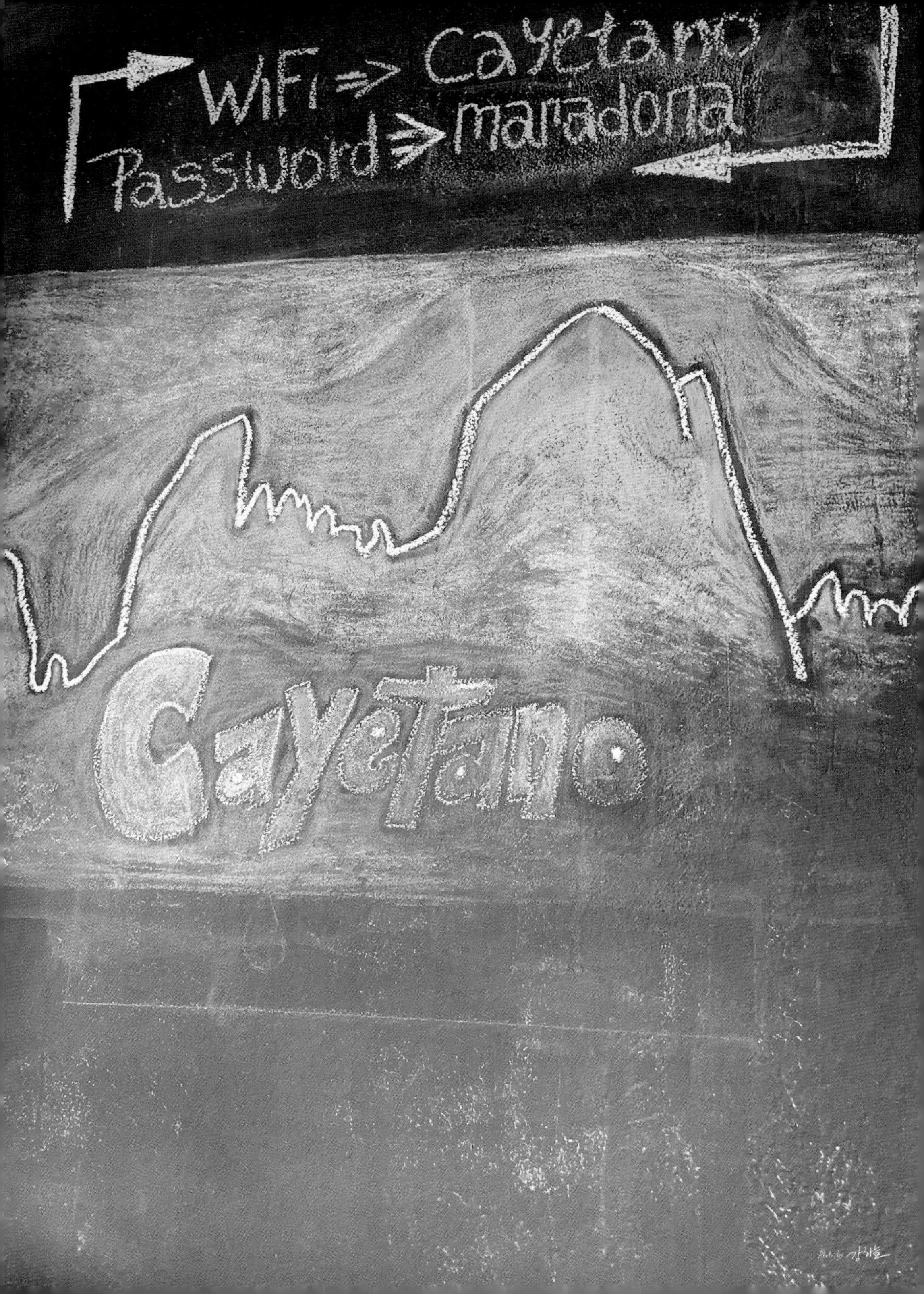

WiFi ⇒ Cayetano
Password ⇒ maradona
Cayetano
Photo by 강하늘

여행의 시작부터 지금까지 꾸준히 만나고 있는 마라도나. 아르헨티나의 엄청난 마라도나 사랑을 느끼며, 먼저 나온 콜라로 목을 축였다. 시원하게 들이켜고 입 안에 남은 잔향을 느끼는데 묘하다. 여긴 어째 콜라 맛도 다른 것 같다. 막간을 이용해 선크림까지 듬뿍 바르고 나자, 따끈한 요리가 나왔다. 든든하게 배를 치워줄 피자의 비주얼이 썩 만족스럽다. 각자 앞접시에 한 조각씩 나누는데, 느닷없이 성우의 콜라잔이 엎어졌다. 피자가 떨어지면서 생긴 혼돈의 현장…후다닥 현장을 정리하고 다시 만찬 즐기기에 나섰다.

하늘   진짜 맛있어요. 드셔보세요.

재홍   특이하다. 피자에 베이컨이랑 계란이랑 쪽파가 있어, 쪽파.

하늘   우와. 이거 뭐야. 약간 오믈렛 느낌인데?

재홍   우리 부에노스아이레스 '게린'에서 먹었던 피자랑 비슷하지 않아?

하늘   아, 음!!

정말 여행 첫날 우릴 감동하게 했던 바로 그 맛이다! 그때가 벌써 까마득하게 느껴지는데, 피자 맛은 여전히 생생하다. 그런데 역시 한국인은 매운맛인가? 살살 매콤한 맛이 고파온다. 목소리를 가다듬고 직원에게 정중하게 핫소스를 부탁했다.

성우   맛있어요?

재홍   핫소스가 하나도 안 매워. 맛있어. 약간 토마토소스 같아.
        쌈장 같기도 하고.

하늘   나 매운 거 진짜 못 먹는데 이건 하나도 안 매운데?

성우   혹시 잘못 이해하신 거 아니에요?
        핫소스가 아니라 이 가게에서 좀 핫한 소스.

재홍   내가 힙소스라고 잘못 말했나? 하하하.

든든한 점심으로 배를 채우고 나니 이제야 눈에 들어오는 바깥 풍경. 보기만 해도 소화가 되는 한 폭의 그림이다. 그런데 날씨가 영 찜찜하다. 우리가 있는 자린 이렇게나 밝은데, 피츠로이는 구름 속에 제 모습을 감추고 있다. 우리… 온전한 피츠로이를 볼 수 있을까?

photo by 안재홍

피츠로이 트레킹 100미터 전

맛있는 피자도 먹고, 몸도 충분히 쉬었으니 이젠 트레킹 출발 지점
으로 이동할 차례다.

트레킹 마니아들이 며칠씩 시간을 투자할 만큼 피츠로이로 향하는
트레킹 코스에는 여러 가지가 있다. 우리가 선택한 코스는 엘 필라
에서 출발하는 코스! 그 시작점에서 우리가 하룻밤 묵을 포인세노
트 야영장까지는 약 세 시간 정도 걸릴 예정이다.

울퉁불퉁한 자갈길을 달려 엘 필라 주차장에 도착했다. 차 문밖으
로 나서자마자 선선한 바람이 머리를 스친다. 와중에 어제만 해도
반짝반짝한 게 새 차 같았던 차는, 흙먼지를 뒤집어쓰고 헌 차가 다
됐다. 안타까움은 접어두고 산행길에 오르기 전에 몸부터 풀기로
했다.

재홍   이거 되게 시원해. 햄스트링 스트레칭.
　　　　손으로 발목을 잡고 가슴을 펴고 뒷허벅지를 늘려 주는 거야.
　　　　가슴을 쭉 펴는 게 포인트야.

하늘   난 요가 할 때 제일 기분 좋았던 게 이마가 무릎에 닿는 거.
　　　　이마가 무릎에 닿으면 진짜 너무 기분이 좋아.

성우   지금도 가능해요?

하늘   어. 될걸? 좌악 내려가지.

성우   우와. 진짜 유연하다. 재홍 형님은요?

재홍   나도 유연하지!

성우   우와, 우와, 우와! 와, 이게 어떻게 되지?

몸의 근육 중 어디 하나 놀라지 않도록 성실하게 스트레칭을 마쳤
다. 이제 출발할 때가 됐는데 하늘에서 살금살금 비가 내리기 시작
한다. 하필 지금 비라니? 싸늘하다. 가슴에 불안이 날아와 꽂힌다.
더 늦기 전에 짐을 들고 트레킹을 시작해야 할 것 같다.

성우   저 이거 큰 가방 하나 들게요.

재홍   아니야. 큰 가방이 두 개니까
　　　　작은 가방들을 네가 들어주는 게
　　　　더 도움이 될 것 같아.

성우   아휴, 아니에요. 제가 큰 걸 들게요.

하늘   아니야, 괜찮아 성우야.
　　　　조그마한 걸 네가 다 들어줘. 괜찮아.

성우   가서 교대해요. 형 운전하느라
　　　　고생했잖아요!
　　　　근데 내가 이거까지 안 들면….

하늘   그래그래. 그럼 네 것 작은 가방도 줘.

서로 큰 가방을 들겠다며 아웅다웅한 끝에 가
방 배분이 끝났다. 산행을 앞두고 내일까지 함
께 할 두 명의 가이드 페르난도, 디아넬라와 첫
만남을 가졌다. 이곳 로스 글라시아스 국립공원
은 16인 이상 그룹으로 방문할 경우 2명의 현
지 가이드가 필요하다. 가이드들은 이 공원에서
우리가 꼭 알아야 할 세 가지 사항을 일러줬다.

- 모든 쓰레기는 직접 챙겨갈 것!
- 공원 내의 물은 마실 수 있는 물. 언제든 리필이 가능하다.
- 비가 언제 올지 모르니 야영장에 도착하자마자 텐트를 칠 것.

피츠로이 트레킹

저 멀리 구름 속에 피츠로이가 있다. 맹수의 이빨처럼 날카롭게 솟아오른 바위산, 파타고니아를 대표하는 얼굴 피츠로이Fitz Roy는 아르헨티나와 칠레를 가르는 국경선 위 3,400미터에 달하는 높이로 파타고니아의 최고봉 자리를 차지하고 있다. 이 산의 이름은 찰스 다윈과 함께 파타고니아 지역을 탐사했던 비글호의 선장 '로버트 피츠로이'의 이름에서 따왔다. 그러나 누군가의 이름으로 불리기 전, 원주민들은 이 산을 연기를 뿜는 산이라는 뜻의 '세로 찰텐'이라 불렀다. 새하얀 구름과 만년설에 둘러싸인 피츠로이의 고고한 자태를 향해 걸음을 뗐다.

커다란 돌과 작은 개울이 흐르는 길을 지났다. 출발한 지 10분도 안 됐는데 몸에 열이 후끈 오른다. 페리토 모레노 빙하에서 추웠던 기억에 너무 껴입었나 보다. 점퍼를 벗어 배낭에 넣고 가볍게 다시 걸었다. 해가 빛나는데 비가 오는 이상한 날씨지만 그 덕에 살짝 젖은 풀과 잎사귀가 보석처럼 반짝인다.

Photo by 홍성

재홍　피츠로이 앞쪽에 베이스캠프를 잡고
　　　내일 피츠로이에 일출을 보러 가는 거지.
　　　봉우리가 빨갛게 물이 드는데 그게 보기가 핑장히 힘들대.

성우　그거 보면 진짜 대박 나는 거 아니에요?

재홍　성우야. 우리는 일출을 볼 수 있다!

성우　희망을 잃지 말아요.

재홍　여기 진짜 오래된 숲속인 것 같아.

하늘　그렇죠, 형. 아까 디아넬라한테 물어봤는데
　　　나이가 기본 백 년 이상이래요.

성우　우와~

하늘　제일 어린나무가 백 살!

재홍　영화 〈레버넌트〉 봤어?

하늘　아! 봤죠.

재홍　여기서 찍었어.

하늘　진짜?

Photo by 옹성

재홍　원래는 캐나다에서 찍으려고 했었대.
　　　야외 세트를 다 조성했는데 날씨가 따뜻해져서 못 찍게 됐대.
　　　그래서 여기 파타고니아 남부에 와서 찍었대.

성우　우와~

역사가 오래된 산속에서 영화 속 장면의 되새기며 딱따구리의 자취와 쓰러진 고목, 커다란 바위와 한 몸이 되어버린 나무를 만났다. 고개 숙여 이름 모를 꽃을 보고, 가슴을 열어 푹신한 흙냄새를 맡았다. 거대한 나무 사이를 걷는 우리가 작아 보인다.

어느덧 트레킹 시작한 지 1시간 반이 지나고 조금씩 지칠 무렵, 중간 지점인 피에드라스 블랑카 빙하 전망대에 도착했다. 전망대에서 바라본 피에드라스 블랑카 빙하는 피츠로이 동쪽 면에 있는 3개 빙하 중 하나란다. 빙하가 어떻게 이렇게 높은 산에 있는지, 디즈니 애니메이션 영화에서 튀어나온 것 같다. 정말 아르헨티나는 무엇을 상상하든 그 이상이다. 골짜기에 자리 잡은 빙하와 호수를 바라보며 초콜릿을 나눠 먹었다. 이대로 마냥 쉬고 싶지만, 더 뭉개고 있다간 정말 일어나기 싫을 것 같아 엉덩이를 툭툭 털었다.

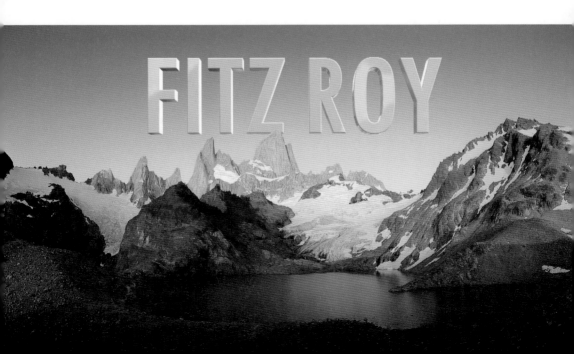

성우   재홍이 형 배낭이 무거우니까…

재홍   아니야, 괜찮아.

하늘   나머지는 제가 들게요. 형이 한 번 작은 가방 드세요.
배낭은 나랑 성우랑 같이 멜게요.
나한텐 배낭이 잘 맞는 거 같아.

재홍   물 필요하면 얘기해.

성우   네. 잠깐 쉬었다고 새 몸 된 거 같아요.

재홍   하늘아, 배낭 괜찮아?

하늘   난 이게 잘 맞아요. 난 작은 가방보다 배낭이 편해. 진짜.

재홍   성우는 어깨 안 아파?

성우   네. 좋아요.

재홍   아프면 얘기해~

배낭을 등 쪽으로 바짝 당겨 메고 산을 오르기 시작했다. 조금 전까지만 해도 무거웠던 발목은 다시 가벼워졌다. 가쁜 숨마다 아릿하게 들어오는 풀냄새에 집중해본다. 별다른 말 없이도 서로의 속도를 맞춰가며 우리는 계속 걸었다. 언뜻 비슷해 보이는 나무들은 모두 다른 얼굴을 하고 있어 굽이진 길을 돌 때마다 풍경이 새로워졌다. 우거진 숲을 지나고 외나무다리를 건너는 동안 조금씩 날이 갰다. 구불거렸던 길이 점점 깨끗해지고 주위의 나무가 눈에 띄게 작아지는 듯하더니 시야에 가득했던 나뭇가지가 걷히고 갑자기 초원이 나타났다. 그리고 뻥 뚫린 하늘 밑에… 피츠로이다! 나중에 얼마나 한꺼번에 감동을 주려는 건지 아직도 구름에 가려 있지만 이제 거의 다 왔다. 남은 힘을 발에 다 때려 넣고 속도를 높였다.

트레킹 3시간째, 드디어 베이스캠프인 포인세노트 캠핑장에 도착했다.

하루살이 집

화살표를 따라 들어서자마자 커다란 나무 표지판이 우리를 맞는다. 이곳에서 캠핑하기 위해 꼭 지켜야 할 수칙이다. 산에 있는 물을 더 럽히지 말 것, 가지고 온 물건이나 쓰레기는 반드시 가지고 돌아갈 것. 그리고 불을 피우지 말고 캠핑용 스토브를 사용할 것! 10여 년 전, 이를 무시한 어느 트레커로 인해 파타고니아 일부가 불에 타올 랐고, 7일간 타오른 숲은 지금까지도 하얗게 말라 있다고 한다. 소 중한 자연을 위해, 그리고 다른 여행자를 위해, 우리가 잠시 들렀다 갈 시간 동안 깊이 새겨두고 지켜야겠다.

우리보다 먼저 캠핑장에 도착한 트레커들이 쉬는 중이다. 책을 보 기도, 차를 마시기도, 해먹에 폭 싸인 사람도 있다. 모양도, 크기도 각양각색인 텐트를 지나 방풍림 사이 드문드문 빈 자리를 찾았다. 고작 하룻밤이지만 우린 풍수지리라는 걸 아는 민족이다. 나무로 둥글게 담을 쌓아 아늑한 원룸형 두 곳이 후보에 올랐다. 조리 가능 한 아궁이가 있으나 채광이 떨어지는 1번 자리와 탁 트인 피츠로이 뷰에 채광을 갖춘 2번 자리다.

성우   여기는 월세!

하늘   여기가 좀 싸게 나왔어요.

재홍   괜찮아요?

하늘   네. 여기 보증금 2,000에 월세 600이거든요.

재홍   월세가 600이라고요?

하늘   600이면 거저죠. 이 정도 집인데. 자, 계약합시다.

재홍   맨날 급하다고 그러시더라.

성우   바닥에 벽지 하실 거면,

재홍   벽지 해주시는 거 아니에요?

성우   아니, 벽지 하실 거면 돈 따로 내셔야 해요.

얼른 짐을 풀고 싶은 와중에도 쿵짝은 잘 맞아서 한 마디 던진 상황극에 신나게 뛰어들었다. 결국 우리는 2번 자리를 선택했다. 아궁이는 없지만 까짓거 만들면 된다. 드디어 배낭을 내려놨다. 내일까지 우리를 책임져줄 짐 전부다. 이제 남은 건 텐트를 치는 것과 배를 채우는 건데… 것보다 우선 마른 목부터 적시기로 했다. 백 발자국 남짓 떨어진 계곡에 내려갔다. 아까 봤던 빙하를 타고 내려온 물인지 마시면 두개골이 쪼개질 듯 차갑다. 갑자기 좋은 생각이 스쳤다. 배낭에 가져온 맥주를 여기에 냉장시키는 거다. 뿌듯하게 텐트 치러 돌아가는 길, 점퍼 속으로 한기가 살짝 스몄다. 이제 쌀쌀해지는 건가? 파타고니아 날씨는 한 치 앞도 모르겠다.

텐트를 펼쳐 모양부터 파악하고, 폴대를 넣어 공간을 만들어냈다. 레인 커버를 씌워 날아가지 않게 나무 막대도 박아두었다. 한기를 막아줄 매트리스와 침낭을 깔아 침대까지 만들고 나니 제법 태가 난다. 깊은 산속에서 이 정도 집이면 펜트하우스다. 20분 만에 침실은 완성했고 이제 부엌을 만들 차례다. 텐트 근처에 'ㅅ'자로 쓰러져 있는 나무를 찾았다. 느낌이 왔어, 여기다! 흩어진 나뭇가지와 돌을 옆으로 밀어내고 큼직한 돌멩이를 나무 사이에 가져다 원 모양으로 둘렀다. 차가운 돌과 따뜻한 나무의 원초적 아름다움이 돋보이는 부엌이 금세 생겨났다.

캠핑의 꽃, 꽃등심을 구워 먹을 시간이다. 전날 사둔 고기, 양파, 깨지지 말라고 양말에 감싸온 소스 병과 함께 지퍼백에 고이 담아온 조리 도구를 꺼냈다. 그 사이 계곡에서 얼어버릴 것처럼 차가워진 맥주도 가져왔다. 스토브에 불을 댕기고 코펠에 열을 올린 후에, 꽃등심 등판!

성우 이야~ 캠핑하면서 먹는 소고기.

하늘 아르헨티나에서만 가능한 거지.
     형, 기가 막힌데요?

재홍 꽃등심 1킬로그램에 9,000원이라 할 수 있지.

하늘 첫 고기는 가이드분들 드리는 거 어때요?

재홍 그래, 좋아. 고생하셨으니까!

무심한 듯 흩뿌리지만 철저하게 계산된 소금과 후추, 육즙을 가두고 겉면만 구워내는 불과 시간. 살짝 구운 양파까지 더해 최고의 피츠로이 스테이크가 완성됐다! 처음으로 완성한 스테이크는 오늘 우리와 함께해준 가이드에게 건넸다. 엄지까지 흔들며 맛있게 먹어주니까 우리가 먹는 것보다 마음이 훈훈하다. 그럼 꽃등심 한 판을 또 구워본다. 고기가 익을 동안 계곡물로 냉장시킨 맥주 뚜껑을 따서,

함께 Salud!

목구멍을 타고 식도까지 얼려버릴 듯 차갑게 내려간다. 세면도구도 무거울까 두고 온 이 산에 3시간 동안 짊어지고 올라온 보람이 느껴지는 순간이다. 한데, 이놈의 모기가 극성이다. 목이든 얼굴이든 자꾸 물어뜯는 통에 우리만의 규칙을 만들었다. 상대방에게 모기가 보이면 어디에 붙어 있든 때려잡기, 팔꿈치는 금지, 기분 상하지 않기! 그사이 고기가 알맞게 익었다.

재홍 Enjoy!

하늘 그래도 셰프부터 한 입 해야죠.

재홍 퍼스트 드라이버부터!
맛이 어때?

하늘 저는 지금 당장 숙소로 갔다 다시 돌아오는
드라이브를 하라고 해도 할 수 있어요.

재홍 하하하.

성우 제가 형님 먹여 드릴게요. 형님 먼저~

하늘 진짜 맛있다. 소금과 후추의 간이 기가 막혀요.

재홍 아… 너무 맛있다!

등심 맛에 꽃이 활짝 펴서 이름이 꽃등심이로구나~ 한 번에 한 장
씩밖에 굽지 못하는 코펠 크기가 아쉬울 뿐이다. 다 익은 고기는 접
시에 덜어가며 쉬지 않고 구울 수밖에 없다.

재홍 소금 조금 덜 넣을까? 더 넣을까? 그대로?

하늘 나는 좋은데요? 성우는?

성우 저는 뭐 다 좋아요.

하늘 메시가 잘 가는 스테이크 집도 이 정도는 아닐 것 같은데?

부에노스아이레스에서 찾아갔던 메시의 단골집 '라 브리가다'의 스
테이크보다 더 맛있다. 나무로 둘러싸인 이 캠핑장이 스테이크 전
문점이 된 듯하다. 꽃등심, 안심, 돼지 목살, 소시지. 이렇게 가져온
고기 종류만 4가지나 되니 구색도 잘 갖춘 거다. 황홀했던 꽃등심
에서 담백한 안심으로 맛의 변화구를 날렸다. 그 사이 조금씩 비가
내린다. 아, 고기에 빠져 잊고 있었다. 돌아보니 피츠로이가 구름에
가려 보이지 않는다.

하늘   우리 내일 일출 볼 수 있나? 봐야 하는데.

성우   그리고 비가 지금 조금씩 또 오고 있지 않아요?

재홍   그쳤으면 좋겠다.

성우   그런데 지금 제가 드는 생각은 비가 지금 오고있잖아요.
          더 바람 불고 비 오기 전에 얼른 식사를 끝내야 해요.

재홍   그럴까? 우리.

하늘   그러면 이번에는 맥주 말고 와인!

재홍   Vino tinto 레드 와인?

하늘   Vino tinto!

맥주와 함께 소중히 모셔온 이 와인으로 말할 것 같으면, 때는 아르
헨티나 부에노스아이레스에 도착한 처음으로 돌아간다. 품질 좋은
포도가 자라는 아르헨티나는 와인이 저렴하면서도 뛰어난 맛을 자
랑한다. 마트 진열장을 하나 가득 채우고도 모자랄 만큼 다양한 와
인 중에서 우리가 고르는 방법은 간단했다. 병 모양이 예뻐서, 생산
연도가 마음에 들어서, 그도 아니면 글씨체가 느낌 있다는 기타 등
등의 이유로. 시간이 흐를수록 와인을 더 자주 접하며 그 방법은 새

로운 기술을 맞았다. 바로 와인 평점 애플리케이션을 이용하는 것!
와인에 붙어있는 라벨 사진을 찍으면 그 와인을 먹어본 사람들의
평점을 5점 만점 기준으로 알 수 있는 거다. 물론 사람마다 입맛이
다르겠지만 와인의 망망대해에서 길 잃은 우리에겐 등대와도 같은
앱이었다. 그리고 엘 칼라파테에서 캠핑을 준비하며 장을 보던 와
중 놀라운 일이 벌어졌다.

늘 그랬듯, 앱의 도움을 받으며 고른 와인을 계산대에 올렸다. 우
리 앞에서 먼저 계산을 끝낸 남자분이 우리 와인을 흘끗 보더니 좋
긴 한데, 더 좋은 와인이 있다며 골라줘도 되겠냐고 물었던 것이다.
그렇게 "It's best."라며 단번에 골라준 와인이 캠핑에 들고 온 와인
이란 말씀. 알고 보니 그분은 아르헨티나에서 와인 투어 중인 와인
마스터였다. 엘 칼라파테에 딱 하루 머물고 떠난다는 와인 마스터
를 마트에서 만날 확률, 우리가 계산하기 바로 직전에 그 와인 마스
터가 계산하고 뒤를 돌아볼 확률! 정말 말도 안 되는 확률과 인연
이다. 그리고 그가 골라준 와인은 여태껏 먹었던 와인 중에서 본 적
없던 최고 평점을 보여줬다.

하늘   4.4점 와인은 무슨 맛일까?

함께   Salud!

성우   아….

재홍   나 이제 좀 알 것 같아.

하늘   나도요. 이게 잔향이 남는다고 해서 높은
      와인이 아니야.
      그냥 깊은 맛이 있네, 마셨을 때 깊은 맛이
      있어.
      어떻게 와인에서 소고기 맛이 나지?

포도 품종이고 아로마고 뭐고 와인에 대해 잘
모르겠지만 맛이 깊다. 깊다는 걸 알겠다! 알코
올 향이 겉도는 포도 맛이 아니라 복잡한 맛이
혀에 찰싹 달라붙어서 입맛을 끌어당긴다. 미식
회는 끝나지 않았어. 남은 고기 다 굽자!

고기 굽는 소리를 배경 삼아 이야기꽃이 폈다.
대화하는 것만으로도 건강한 힘이 느껴지고 웃
음이 나온다. 고기가 달고, 와인은 맛있고, 걱정
했던 것보다 아직 춥지 않다. 오래된 나무에 걸
터앉아 아직도 구름에 잠겨 있는 피츠로이를
바라봤다.

오늘 밤은 어둠이 무서워요

이곳에서 제일로 꼽히는 것은 일명 '불타는 고구마', 일출에 붉게 타오르는 피츠로이의 모습이다. 태양을 마주한 거대한 봉우리로 해가 비치는 순간은 생애 두 번 다시 보기 힘든 절경으로 손꼽힌다. 하지만 일기 예보가 무의미할 정도로 변화무쌍한 날씨를 자랑하는 파타고니아기에, 행운은 자주 찾아오지 않는다고 한다. 이번 여행에서 꼭 보고 싶었던 장면이라 벌써 초조하다. 일단 계획은 이렇다. 내일 예상 일출 시각은 새벽 5시 30분. 붉은 피츠로이를 제대로 볼 수 있는 호수까지는 한 시간 반 정도 더 올라가야 한다니, 새벽 4시에 일어나, 5시 30분까지 뷰포인트에 도착할 것이다. 지금은 구름이 껴 있지만, 오늘만 해도 날씨가 획획 뒤바뀌었으니 내일 일출, 기대해도 되겠지?

어두워지기 무섭게 비바람이 거세졌다. 텐트가 행사장 풍선처럼 춤추는 것은 물론, 나무까지 휘청거린다. 밖에 내어둔 배낭에 레인 커버를 씌워 비닐 우의를 덮고 날아가지 않도록 아궁이 돌을 가져다 고정해두었다. 할 수 있는 건 이게 전부다. 남은건 이 혼란한 날씨에 밤을 보내고 내일 새벽을 맞는 것! 신발을 벗고 텐트 안으로 들어가 오늘 밤 침대가 되어줄 자리를 잡았다. 슬쩍 비탈진 경사에 따라 머리 방향을 잡고 누워봤더니 생각보다 편하다. 한데, 펄럭이는 텐트 소리가 아주 요란하다.

하늘 밖에 바람 소리가 들리십니까?
우리 이렇게 같이 텐트에서 자는 거 기분이 어떠세요?

성우 이렇게 좋은 형님들과 생의 마지막으로
캠핑을 함께 할 수 있게 되어서 너무 즐겁습니다.
오랜 추억으로 남을 거 같아요.

재홍 우리 멋있는 동생들과 한 텐트에서 이렇게 밤을 보내는 게
너무너무, 너무 행복하고요. 날씨가 맑았으면 별로 낭만을
못 느꼈을 것 같아요. 폭풍우에 가까운 바람과 적당히 내리는
이 비. 평생 기억할 밤이 되겠네요. 고맙습니다. 고맙네요.

하늘 아! 전가요? 영화 〈스물〉로 처음 만난 재홍이 형과
〈트래블러〉로 처음 만난 성우. 어떻게 보면 마지막 밤을
텐트 안에서 보내는 게 어디 가서도 가질 수 없는
추억일 거 같아서 기억에 남네요. 오래오래 이 영상을
제 휴대폰 안에 간직하도록 하겠습니다. 사랑합니다.

Photo by 강하늘

언제 이렇게 다시 만나서 여행할 수 있을까. 이 시간을 오래 기억하고 꺼내 보려 휴대폰에 감상을 남겼다. 전 세계 트레커들의 성지인 피츠로이를 앞에 두고 텐트 하나, 우리 셋. 투두둑 떨어지는 빗소리까지 낭만적이긴 한데, 바람이 아주 요동을 친다. 밖은 시꺼멓고 텐트는 이러다 찢어질 것 같다. 내일 일출이고 뭐고 당장 오늘 밤 우리, 괜찮을까?

구름 뒤의 피츠로이

재홍

우리가 캠핑을 결심하고, 며칠 동안 준비하고, 산에 오르게 된 가장 큰 이유! 그 유명한 피츠로이의 일출을 보기 위해서였다. 더 정확하게 말하자면 태양 빛을 받아 붉게 타오르는 피츠로이의 봉우리, 일명 '불타는 고구마'를 보기 위한 것.

하지만 산에 오르기 전에도, 오르는 중에도, 캠핑장에서도 피츠로이는 한결같이 구름에 가려져 있다. 혹시나 못 보는 건 아닌가 애간장이 탔다. 그래도 조금씩 구름이 걷히고 있다고 믿었다. 밤이 오자희미한 달빛 아래 먹구름이 몰려오고 비바람이 치기 시작했다. 그런데도 내일은 내일의 해가 뜰 거라 굳게 믿었다. 잠에 취해 정신이혼미해지는 순간까지 날씨가 맑아지길 기도했건만⋯ 우리의 기대와 달리 비바람은 밤사이 더욱더 거세어졌다. 깊은 잠은 당연히 무리였고, 텐트를 뒤흔드는 비바람과의 사투가 이어졌다. 텐트의 폴대가 접혀 무너지나 싶은 순간도 있었다. 그렇게 안녕하지 못한 밤이 흘렀다.

새벽 4시. 약속했던 기상 시각이다. 날씨 체크를 위해 텐트 밖으로 나섰다. 빗줄기는 약하지만 강풍은 여전하다. 어제저녁 배낭에 씌 워 돌로 고정해 놓았던 우의가 벗겨질 것만 같다. 누가 봐도 좋지 않은 기상 상태. 가이드 디아넬라에게 트레킹이 가능할지 현재 상 황을 물었다.

"위험한가요?"

"아니요."

"일출 보는 거 가능한가요?"

"네."

다행히 디아넬라는 위험하지 않고, 일출을 볼 수 있을 것 같단다. 그렇다면 이제부터 트레킹을 시작해야 할 때. 텐트로 돌아와 하늘 이와 성우에게도 소식을 전했다. 미리 챙겨온 방한 바지를 입고, 넥 워머도 단단하게 동여맸다. 빈틈을 찾아 집요하게 파고드는 비바람 을 막으려면 완전무장이 필수다.

불타는 고구마 사냥의 시간

가이드   날씨가 썩 좋지만은 않습니다.
아마 위로 올라갈수록 바람이 세게 불 거예요.
하지만 일단 한번 시도해봅시다.
해가 뜨기 시작하면 날씨가 괜찮아질 것 같아요.
Let's do it.

오늘의 일출 예상 시간은 5시 30분. 앞으로 1시간 30분 동안의 험난한 산행이 기다리고 있다. 우리는 로스 트레스 호수를 향해 출발했다. 그곳에 도착하면 '불타는 고구마'를 제대로 즐길 수 있다고 한다. 아직 날씨가 맑아질 조짐은 보이지 않지만, 언제나 예측 불가능하게 뒤바뀌는 피츠로이 날씨에 마지막 희망을 걸어본다.

한 치 앞을 보기 힘든 숲에 들어섰다. 지금 의지할 곳이라고는 손전등 불빛뿐. 앞사람 발을 비추며 조심스레 걸음을 옮긴다. 함께 걷는 이들의 움직임과 숨소리가 마치 응원가 같다.
잠시 멈췄던 비가 다시 내리기 시작했다. 시시각각 변한다더니 날씨가 더 안 좋게 변하는 건가? 불안감은 저 멀리 밀어두고, 블랑코 강 쪽을 향해 계속해서 이동한다. 간밤에 온 비로 강이 불어났다. 수면의 높이가 높아진 것은 물론이고, 물살 소리가 몇 배는 사나워졌다. 앞에서부터 차례대로 조심하라는 당부가 전달되어 온다. 강을 지나 산길로 들어서자 미약한 경사가 시작됐다. 포인세노트 캠핑장에서 출발한 지 약 30분. 3분의 1지점에 도착했다.

가이드   여기서부터 20분~30분쯤 더 가면 호수까지 가는
가장 가파른 부분이 시작됩니다.
지금부터 초반 30퍼센트 경로는 완만합니다.

위로 갈수록 경사도 급해지고, 바위 지형이 나타나면서 길이 험난
해질 예정이라고 한다. 이미 험한 길이 시작된 것 같은데 더한 게
있다니…. 그나마 다행인 건 해가 뜨는 동쪽 하늘에는 구름이 많
이 없다는 사실이다. 가이드 페르난도 덕분에 피츠로이의 일출
을 기대해볼 수 있을 것 같다며, 우리의 용기를 북돋아 준다. 여긴
이렇게 비가 오는데 해 뜨는 동쪽 하늘은 맑다니… 역시 산에 오르
길 잘했다는 생각이 든다. 그래, 아직은 불타는 피츠로이를 포기할
때가 아니지! 짧은 숨 고르기를 끝내고 다시 부지런히 호수를 향해
출발해 본다.

자갈로 이루어졌던 완만한 길은 어느새 큰 바위가 있는 오르막으
로 변했다. 빗줄기는 점점 굵어져 몸 위로 따갑게 내려앉는다. 여러
겹 껴입었는데도 꽂히는 빗방울에 아프다. 그렇게 휘몰아치는 비바
람 속 강행군이 얼마나 이어졌을까. 페르난도가 무전기를 들어 상
황을 체크하기 시작한다.

일출 시각이 다가오는데 비바람은 도무지 멈출 생각이 없어 보이고, 엎친 데 덮친 격으로 먹구름도 동쪽으로 자리를 옮겨간다. 궂은 날씨의 산행으로 모두 지쳐가는 상황…. 아무래도 이제는 결단을 내려야 할 때가 된 것 같다.

　가이드 　제 생각엔… 호수 쪽으로 계속 올라가는 건 힘들 거 같습니다.
　　　　　올라갈수록 비바람이 더 심해질 거 같아요.

피츠로이의 일출을 보러 가는 길은 단 한 순간도 만만하지가 않다. 결국 뷰포인트까지 가는 계획에 차질이 생겨버렸다. 점점 나빠지는 날씨에도 혹시 볼 수 있지 않을까 기대했는데. 아쉽지만 호수에서 보는 '불타는 고구마'는 여기서 포기하기로 했다.
하지만 일출까지는 아직 20분이 남은 상황! 여기 주저앉아 있을 순 없으니, 조금이라도 일출이 잘 보이도록 시야가 트인 곳까지 올라가 보기로 했다.

　재홍 　*걷다가 보면~*

　성우 　*아르~헨티나~*

　재홍·성우 *이 조명에 담긴~ 아름다운 얘기가 있어~ 네게 들려주고파 ~*

고됨을 잊게 해줄 노래 한 가락을 부르며 산에 오른다. 앞만 보고 가다가 일출을 놓칠 순 없으니, 안전한 바위를 디디고 있을 땐 뒤를 돌아 하늘의 색을 확인한다.

현재 시각 오전 5시 20분. 트레킹 1시간째. 하늘의 동쪽 부분이 붉은빛으로 물들고 있다. 약 10분 뒤면 일출 예정 시각이다. 서둘러 자리를 잡고 동쪽을 바라보며 해를 기다리기로 했다.

가이드　엘 찰텐이 저쪽에 있습니다. 마을은 해가 뜨는 동쪽에 있어요.
　　　　그리고 산과 피츠로이는 서쪽에 있습니다. 폭풍이 오는 방향이죠.
　　　　그래서 호수 위쪽으로 가면 비바람이 더 세져요.
　　　　그리고 보시다시피 동쪽에는 비가 안 옵니다. 서쪽으로 갈수록
　　　　비가 더 올 거예요.

가이드 페르난도에게 신기한 이야기를 들었다. 저 멀리 해 뜨는 동쪽의 맑은 날씨와 달리, 여기 피츠로이에만 많은 비가 내리는 이유! 남미 대륙 서쪽에는 태평양이, 동쪽에는 대서양이 있다. 그리고 태평양에서 불어오는 습기는 안데스산맥을 거치면서 비구름이 되어, 가까운 이곳 피츠로이에 많은 비를 쏟아낸다. 태평양을 건너온 비에 젖은 채 대서양의 태양을 기다린다니… 묘한 순간이다.
빗방울이 바람을 타고 옆으로 흩뿌려진다. 빗줄기는 동쪽을 향해 일사불란하게 움직인다. 이토록 선명한 비의 모양새를 본 적이 있었던가.

현재 시각 5시 30분. 일출 시각이 다 됐는데, 태양은 감감무소식이다. 주변이 밝아진 걸 보면 해가 뜨고 있는 것 같긴 한데…. 우리 일출도 못 보는 걸까?

하늘　그래도 머리는 봐야 하지 않아요?
　　　머리가 보일까? 안 보이나? 저기가 다 구름 때문에…

재홍　오늘 안 보일 거 같아.

성우　내려가야 할 것 같아요.

재홍　바람이 세지니까.

가이드　내려갈까요 여러분? 내려갈 때 조심하세요. 바위가 젖어서
　　　　미끄러워요.

재홍　내가 먼저 갈게.

성우　조심히 가세요.

재홍　천천히 가자.

결국 일출을 보지 못한 채 하산을 결정했다. 오늘은 '불타는 고구마'도, 떠오르는 해도 우리 것이 아니었나 보다. 이런 때도 있는 거라며 애써 아쉬운 마음을 달랬다. 미끌미끌한 바위에 발을 헛디디지 않도록 신중하게 한발 한발 내디디며 얼마쯤 내려갔을까? 비와 구름으로 희뿌연 하늘 저 멀리 노란 해가 가만히 모습을 드러냈다.

<blockquote>
하늘   결국 보네.
그래도 봤네요.
</blockquote>

그 자리에 멈춰 한참이나 같은 곳을 보았다. 떠오른 해가 눈에 익을 즈음엔 서로의 얼굴을 보고 끄덕이며 웃었다. 서로의 손을 마주치며 말하지 않아도 알 수 있는 같은 마음을 나눴다.

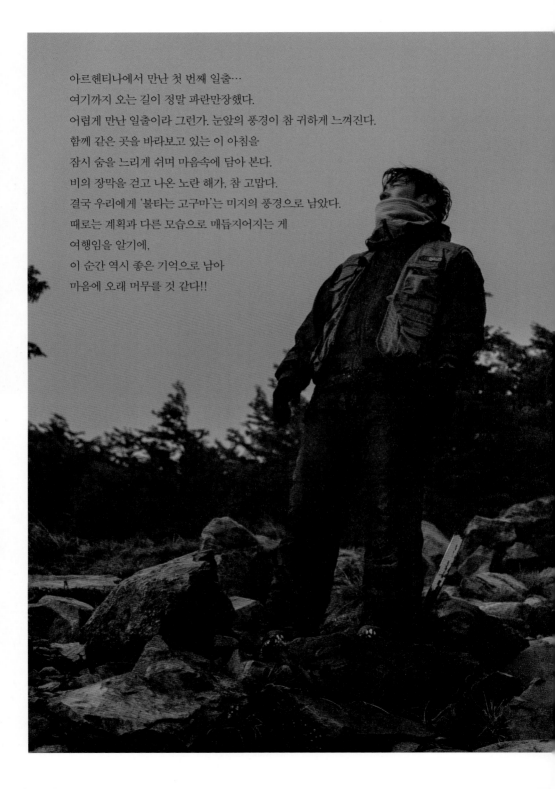

아르헨티나에서 만난 첫 번째 일출…
여기까지 오는 길이 정말 파란만장했다.
어렵게 만난 일출이라 그런가. 눈앞의 풍경이 참 귀하게 느껴진다.
함께 같은 곳을 바라보고 있는 이 아침을
잠시 숨을 느리게 쉬며 마음속에 담아 본다.
비의 장막을 걷고 나온 노란 해가, 참 고맙다.
결국 우리에게 '불타는 고구마'는 미지의 풍경으로 남았다.
때로는 계획과 다른 모습으로 매듭지어지는 게
여행임을 알기에,
이 순간 역시 좋은 기억으로 남아
마음에 오래 머무를 것 같다!!

굿 바이 피츠로이

어느덧 환해진 산길을 지나 다시 포인세노트 야영장에 도착했다.
온전한 일출은 봤는데, 비바람은 그칠 생각이 없는 듯 더 세차게 몰
아쳤다. 오기 전에만 해도 수프를 먹는다 뭐다 아침 계획까지 빼곡
했지만, 이렇게 물에 빠진 생쥐 꼴로는 무리다. 바삐 짐을 챙기고
텐트를 걷었다. 비에 쫄딱 젖은 몸이라 작은 동작 하나에도 온몸이
천근만근이다. 드디어 짐 정리가 끝나고 또다시 하산이 시작됐다.
훅 끼쳐오는 풀 향기와 습기 가득한 냄새, 비에 젖어 척척한 옷들
과 신발까지. 불현듯 겹쳐 오는 기억이 있다. 군대. 비 오는 날 군대
에서 딱 이런 느낌이었던 것 같은데? 그때의 기억을 되살려 군가를
부르며 발끝에 힘을 싣는다.

피츠로이는 올라갈 때도 호락호락하지 않더니 내려갈 때조차 쉽게 보내주질 않는다. 어제는 평탄했던 길들도 오늘은 물웅덩이가 됐다. 하산 내내 산을 오르던 때의 기억을 더듬으며 남은 거리를 가늠해본다. 이 정도면 끝날 때가 된 것 같은데, 왠지 도돌이표를 찍고 있는 기분이다. 어련히 알아서 도착점이 나올 거란 걸 알면서도 발걸음을 채근해본다.

마침내 트레킹을 출발했던 주차장에 도착했다. 긴장이 풀리면서 다리의 힘도 풀린다. 1박 2일의 거친 여정을 함께 한 가이드 디아넬라에게 하이파이브로 감사의 마음을 전했다. 왠지 동지애가 느껴지는걸? 그렇게 무사히 하산을 마치고, 떠나기 전 마지막으로 바라본 피츠로이의 봉우리는 여전히 구름에 가려져 있었다.

1박 2일의 여정이 끝나고 다시 엘 칼라파테로 돌아가는 길. 안데스
산맥의 동쪽을 향해 달리면서 '불타는 고구마'를 방해하던 태평양
의 먹구름과도 멀어져간다. 그리고 하늘이 어느새 거짓말처럼 맑아
졌다. 이토록 변화무쌍한 날씨라니…
오늘 아침 기억들마저 흐릿하게 만들어버리는 파란 하늘이 그저
놀라울 뿐이다.

육개장 한 사발

숙소에 돌아온 우릴 가장 먼저 맞아준 건 바로 얼큰한 육개장 냄새! 린다 사장님이 우리를 위해 두 솥 가득 국을 끓여 놓으셨다. 솥 위로 김이 모락모락 피어나는 광경에 감동이 밀려온다.

하늘 우와…

사장님 두 솥이야. 비 맞고 너무 고생했을 것 같아서.
한국 사람은 이럴 땐 국물이지~

후다닥 씻고 나와 뜨끈한 국물에 밥 한 공기 뚝딱 말아먹었다. 아르헨티나 소고기가 들어가서인지 1박 2일 캠핑의 여파인지, 이렇게 맛있는 육개장은 태어나 처음이다. 피츠로이의 비바람이 칼칼한 국물에 휘말려 날아가 버린다. 입맛이 돌아 한 공기 더! 외치다 보니 네 공기나 먹었다. 역시 한국인은 밥심이랬던가? 노곤했던 몸에 기운이 차오른다. 몸에 남아 있을지 모를 한 톨의 추위마저 없애려, 따뜻한 햇볕 아래 앉아 몸을 녹여줄 차도 한 잔 마셨다.

그리고 마지막 순서! 후식으론 야무지게 칼라파테 아이스크림을 먹었다. 엘 칼라파테에 도착한 첫날 린다 사장님이 해주신 말씀. "칼라파테 열매를 먹으면 칼라파테에 다시 돌아온다는 속설이 있어요." 잊지 않고 칼라파테 잼도, 칼라파테 아이스크림도 먹었으니 우리 진짜 돌아올 수 있겠지?

파타고니아 바람 맛

엘 칼라파테를 떠나기 전, 린다 사장님이
추천하신 특별한 농장에 다녀오기로 했다.
이 지역에서 가장 경치가 좋은 곳으로, 지
평선이 보인다는 그곳에서 마음껏 쉴 생각
이다. 길게 뻗은 도로 위를 얼마나 달렸을
까? 어느덧 비포장도로의 기분 좋은 들썩
임이 느껴지고, 너른 들판 위로 펼쳐진 목
가적인 풍경이 눈에 들어온다.

차에서 내리자 훅 바람이 불어온다. 우리가 도착한 곳은 바로 '가우초 농장'. 끝을 모르고 이어지는 아르헨티나의 광활한 대초원 위. 붉은 먼지바람이 휘몰아치고, 윤기 흐르는 말 위에 올라탄 목동 '가우초'들이 들판을 누빈다. 새의 날개마저 붙잡는 파타고니아의 거친 바람을 제대로 느껴볼 수 있는 이곳. 아직 만나본 적 없는 파타고니아의 또 다른 풍경이다. 여기엔 말들이 그냥 있다. 말이 이렇게 쉽게 볼 수 있는 동물은 아니었던 것 같은데. 여행이 시작된 이래 자주 본 풍경인데 아직도 현실감이 없다.

초원 가까이 다가갔다. 누가 바람의 버튼을 최고 세기로 올렸나? 몸이 뒤로 밀릴 만큼 세차다. 힘찬 바람을 맞고 있자 하니 슬며시 떠오르는 기억이 있다. 부에노스아이레스 3,000미터 상공에서 뛰어내렸던 아찔한 순간! 귓가에 들리는 바람 소리마저 똑같다. 자연스럽게 스카이다이빙 포즈가 취해진다.

하늘	스카이다이빙 하는 기분 나지 않아요?
성우	야호~
하늘	진짜 스카이다이빙 같아. 아유, 오케이?
성우	오케이~ 와. 눈이 안 떠져.
재홍	진짜 시원하다. 바람이 엄청나다. 엄청나.
하늘	침대에 누운 기분이야. 바람이 침대 같아.

땅에 발을 붙인 채로 스카이다이빙을 200퍼센
트 완벽하게 재연했다. 앞만 보면 아쉬우니까,
잠시 바람을 등지고 서 있기도 했다. 이제 정수
리부터 발뒤꿈치까지 온몸에 바람이 닿지 않은
곳이 없다. 음, 이 정도는 돼야 파타고니아 바람
맛 좀 안다고 할 수 있지 않겠어?

엄청난 바람을 충분히 즐겼으니 농장 카페 쪽
으로 향했다. 그런데 여기가 가우초 농장인지,
동물 농장인지. 파트라슈가 떠오르는 대형견부
터 낮잠을 즐기는 강아지들, 복슬복슬한 양과
아기 염소까지. 귀여운 친구들이 옹기종기 모여
있다. 그런데 아무래도 여기 염소가 싸움꾼 체
질인 것 같다. 멋들어지게 휜 뿔로 느닷없이 개
를 들이받는다. 짧은 다툼은 개의 완패로 종료
됐다. 이번에는 염소와 사람의 대결이 시작됐
다. 무릎을 꿇어 염소와 눈을 마주치다가 이마
를 맞대고 힘겨루기를 시작했다. 미는 힘이 꽤
세다. 결국 팽팽한 접전 끝에 염소와 사람의 싸
움은 무승부로 마무리됐다.

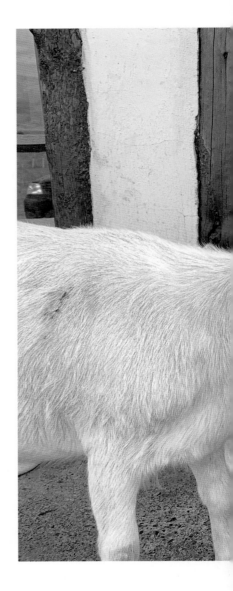

푸른 초원에서, 맨발로, 타이타닉을

우리는 잠깐 각자가 즐기고 싶은 방법으로
파타고니아의 바람을 느껴 보기로 했다.

성우의 바람
저벅저벅 걸어 초원으로 향했다. '푸른 초
원'이라는 단어는 이곳을 위해 만들어진 게
아닐까? 두 눈을 감고 양팔을 활짝 벌린 채
파타고니아의 바람을 내 몸으로 흡수해본
다. 상쾌하다.
그런데 예고도 없이 방해꾼이 나타났다. 갑
자기 염소가 우다다다 볼일을 보기 시작했
다. 이 감상적인 분위기에 훼방을 놓다니…
귀여워서 봐준다!

재홍의 바람

잔디밭 위에 일단 누웠다. 그리고 파타고니아의 초원에 내 몸을 맡겼다. 이토록 편안한 순간이 어디 쉽게 찾아오던가? 불어오는 바람을 더 섬세하게 느끼기 위해 신발과 양말도 벗어 던졌다. 자연인으로 돌아가니, 발가락 끝 말초 세포까지 파타고니아의 바람이 시원하게 전해진다. Vino Tinto 한잔이 떠오르는 맛이다.

바람은 충분히 느꼈으니 멋지게 일어나볼까? 이소룡에 빙의해 허리를 튕기며 한 번에 일어나야지.
'철퍼덕.'
실패다. 멋쩍게 웃으며 양말을 신는데 성우가 다가왔다.

"다 누웠어요? 바로 눕고 싶어도, 염소 똥 때문에…"
"잘 찾아서 누워야 해."

성우가 저 앞에서 신중하게 자리를 물색하더니 눕는다. 초록빛 잔
디 위에서 나와 비슷한 기분을 느끼겠지? 그 기분을 오래오래 기억
하라고, 막내의 청량한 모습을 사진으로 남겼다.

하늘의 바람

바위 위에서 바람을 양껏 즐긴다. 양팔과 양다리를 벌리고 온몸에
전해지는 바람을 느끼고 있으니, 영화 〈타이타닉〉 속 명장면이 떠
오른다.

"Do you trust me?"

'I trust you.'

"All right. Open your eyes."

'I'm flying~'

1인 2역의 짧은 재연이 끝났다. 파타고니아의 바람은 쐬어도 쐬어
도 대단하다. 입을 벌리고 있으니 들숨은 쉬어지는데, 날숨은 안 쉬
어진다.

나의 유유자적한 시간에 깜찍한 손님이 나타났다. 아까 바람을 쫓
아 뛰어다니던 처진 눈의 강아지 한 마리다. 마치 영화 〈라붐〉 속
명장면처럼, 호기심 많은 눈 위로 선글라스를 씌워줬다. 다리에 닿는
보송보송한 털에 간지러워 웃음이 터진다. 오늘 제대로 힐링한다.

Begin Again in Patagonia

성우

농장 카페 앞 통나무 위에 재홍이 형이 앉아 있다. 품에는 아주 자연스럽게 기타가 들려 있다. 분명 기타를 칠 줄 모른다고 했는데, 어딘가 자신 있는 얼굴이다. 형이 손을 몇 번 움직이자 버스커버스커의 '여수 밤바다'가 흘러나온다. 형이 반주를 맡았으니, 나는 노래를 불러볼까?
갑자기 우리만의 〈비긴 어게인〉이 시작됐다.

'아르헨티나 이 조명에 담긴 아름다운 얘기가 있어
네게 들려주고파 전화 걸어
뭐 하고 있냐고
나는 지금 아르헨티나~ 아르헨티나~'

우리의 버스킹 공연이 마음에 들었나? 염소 한 마리가 코앞까지 다가왔다. 관객 1호도 생겼겠다, 제대로 자리 잡고 앉아 불러보기로 한다. 다시 한번 '여수 밤바다', 아니 '아르헨티나 밤바다'를 부른다. 그런데 관객 1호의 매너가 영 별로다. 연주 중인 기타에 입을 갖다 대고, 머리를 들이받는다. 그 집요한 난입에 잠시 버스킹 공연이 중단됐다. 상상도 못 한 해프닝에 웃음이 터져 나온다.

관객 1호의 관심이 잦아들었다. 그렇다면 이번에는 형 노래가 듣고 싶은데….

"또 없어요, 또?"
"외우고 있는 곡이 드라마에서 부른 곡밖에 없어.
'흔들리는 꽃들 속에서 네 샴푸 향이 느껴진 거야' 불러줄까?"

드라마와 음원에서만 들었던 그 곡! 발랄한 선율과 함께 형의 노래가 시작됐다.

"흔들리는 꽃들 속에서 네 샴푸 향이 느껴진 거야
스쳐 지나간 건가 뒤돌아보지만 그냥 사람들만 보이는 거야~"

담백한 목소리와 가사에 심취해 있는데, 음악에 몰입한 친구가 다시 나타났다. 관객 1호의 들이댐이 더 심해진 거다. 노래에 웃음이 섞이긴 했지만 그래도 끊기진 않았다. 계속되는 형의 노래에 살며시 화음을 얹으며 호흡을 맞췄다.

"지금 집 앞에 계속 이렇게 너를 아쉬워하다 너를 연락했다 할까~"
"Gracias 감사합니다!"

하늘

오래전부터 약속된 공연 때문에 한국에 돌아가야 한다. 여행을 시작하기 전부터 우리 모두 알고 있었는데도 막상 앞에 닥치니 입안이 깔깔하다. '가기 전에 양고기 아사도 더 먹어야 해', '불타는 고구마 일출 보면 우수아이아 같이 가는 거지', '우리 여행의 마지막 도시인 우수아이아에 가서 펭귄 봐야지 않겠냐…'. Ruta40 위를 달리면서도, 오래된 나무에 앉아 피츠로이를 바라볼 때도. 헤어질 시간이 다가올수록 재홍이 형과 성우가 농담에 섞어 진심을 비쳤다.

10일. 짧을 수도, 길 수도 있는 시간을 온종일 부대끼며 웃었다. 그것만으로도 좋았다. 끝까지 가지 못해 마음 쓰기보다는 함께 했던 시간에 의미를 두고 싶다. 다신 못 볼 사람들이 아니니까, 한국에서 만나면 되니까. 먼저 떠나는 게 아쉽고 두 사람에게 미안하지만 그것조차도 여행의 한 부분일 것이다.

휴식 같은 시간을 같이해줘서 고마웠고, 지금도 고맙고, 앞으로도 고맙겠지. 두 사람 모두 남은 여행도 건강하게 보내기를 바랄 뿐이다. 이제 여기저기 흐트러뜨려 놓은 짐을 모아 배낭을 꾸릴 시간이다.

¡ Hasta pronto!

성우   짐을 써는군요…

하늘   성우야, 우리 서울에서 보자!
        형, 먼저 가 있을게요.

재홍   지금이라도 마음 바꾸는 게 어때?

성우   몰래카메라 아니에요? 가는 듯이 했다가 다시 돌아오는 거죠?

재홍   가지 마. 우리랑 놀자.

성우   가지 마요.

하늘   나도 아쉽지만…

성우   같이 펭귄 봐요.

재홍   펭귄 보자~

성우   등대도 같이 봐요!

하늘   나도 펭귄 보고 싶어, 진짜…

재홍   우리랑 연극 대사 맞춰보자, 저기 앉아서.

성우   할게요. 같이 열심히 해 볼게요.

하늘   나 진짜 갈 때까지 대본 외워야 해.

재홍   여기서 해보자.

재홍   다 챙겼어?

하늘   네.

재홍   내일 부에노스아이레스에서 비행기 타고 한국 가는 거지?

하늘   네, 내일 오후 출발이라 남은 시간이 하루 정도 있어요.

재홍   가지 마. 가지 마~

하늘   *잘 가~ 가지 마~ 행복해~ 떠나지 마~*
        나를 잊어 줘, 잊고 살아가 줘~

재홍 성우   *나를 잊지 마*

하늘   *나는~*

재홍 성우   *그래 나는~*

하늘   *괜찮아~*

재홍 성우   *아프잖아~*

하늘   *내 걱정은 하지 말고 떠나가~*   394

재홍　*제발, 제발, 가지 마아아~*

하늘　나도 아쉽지만 진짜…
　　　작별 인사는 길게 하지 맙시다!

재홍　*우리 처음 만났던 어색했던 그 표정 속에*
　　　서로 말 놓기가 어려워 망설였지만~

하늘　거 한국 가기 좋은 날씨구먼!

재홍　*시간은 우리를 다시 만나게 해주겠지*
　　　우리 그때까지 아쉽지만 기다려봐요~

우리 마음에 찰떡같이 달라붙는 노래를 부르며 숙소를 나섰다. 배웅 나오신 사장님 가족과 미리 불러둔 택시가 기다리고 있었다.

하늘　아이고~ 고마워요, 어머니!

사장님　그리울 거야. 나중에 부모님 모시고 놀러 또 와요.

하늘　감사합니다. 지니 갈게. 고마워, 고생했어!

지니　안녕히 가세요~

하늘　갈게요, 어머니.

사장님　그래요. 많은 사람을 행복하게 한 사람!

지니　조심히 가세요.

하늘　형, 성우야! 서울에서 봐요. 우리는 뭐 곧 볼 건데…
　　　우수아이아를 최우수 아이아로 만들어 주세요!
　　　우수에 젖었네요.
　　　형도 그렇고 성우도 그렇고 우수에 젖었어.

담담해지려 했지만 그래도 아쉬운 마음을 누를 길 없어 언제나처럼 서로 농담과 함께 인사를 나눴다.

하늘　Hasta pronto 곧 만나요!

재홍　¡Adios!

성우　Adios~

하늘　¡Hasta pronto, Adios!

세상 끝으로 가는 길1

꼭두새벽부터 배낭을 챙겨 나왔다. 이른 시간에도 린다 사장님께서
배웅해주셨다.

사장님 또 언제 보나?

성우 칼라파테 잼 먹었으니까 다시 돌아올게요.

사장님 또 오겠지. 그래요, 그래. 잘 다녀가고, 건강하고.

재홍 또 놀러 올게요.

성우 너무 감사해요.

사장님 예. 놀러 와요~

한국인의 정을 따뜻하게 느끼게 해 주신 숙소를 뒤로 그리 머지않아 꼭 다시 오겠다 다짐하며 길을 나섰다. 이제 엘 칼라파테를 떠나 우리의 마지막 여행지 우수아이아, 아르헨티나 최남단 도시이자 세상의 끝이라는 곳에 갈 것이다. 여행을 떠나오기 전부터 마음에 새겨두었던 세상의 끝. 그 끝으로 향하는 길부터 천천히 마음에 담고 싶어 버스를 타기로 했다. 직행버스는 없는 길이기에 우선 경유지인 리오 가예고스까지 4시간을 달린 후, 버스를 갈아타야 한다. 리오 가예고스에서 우수아이아까지는 10시간 40분 정도 걸리는데 그사이 칠레 국경을 넘었다 마젤란해협을 건너 다시 아르헨티나로 돌아오게 된다. 경유 시간까지 합치면 총 17시간이 걸리는 길! 육로와 해로뿐 아니라 국경을 2번이나 넘나드는 흥미로운 여정이 될 것이다.

버스 터미널에서 티켓을 받고 승강장으로 나갔다. 높다란 이층 버스 전광판에 'RIO GALLEGOS'가 빛난다. 트렁크에 짐을 맡기고 티켓에 적힌 자리를 찾아가니 2층 맨 앞자리다. 부에노스아이레스에서 2층짜리 시티 버스를 탄 기억이 떠올랐다. 그 높이에서 바라본 도시가 참 새로웠는데… 아쉽게도 지금은 새벽이라 앞이 캄캄하다.

3:00, 버스가 출발했다.

조식 대장정

7:00, 엘 칼라파테를 떠난 지 4시간 만에 첫 번째 경유지인 리오 가 예고스에 도착했다. 4시간의 기억은 누가 문질러놓은 듯 뿌옇다. 버스가 출발하자마자 곧 잠이 들었고, 깼다, 다시 잠들기를 반복했다. 아! 중간에 뜨겁게 떠오른 해를 보긴 했다.

우수아이아행 버스는 2시간 30분 후에 이 터미널에서 출발한다. 버스 트렁크에 넣어둔 배낭을 찾고 머리를 굴렸다. 앞으로 길 위에서 보낼 시간이 13시간이니까 지치지 않으려면 이 황금 같은 시간에 배를 든든하게 채워둬야 한다. 아침 일찍이라 그런지 이곳 터미널엔 주전부리 파는 곳만 열려 있다. 버스 의자에서 쪼개 자느라 아직도 몸이 뻣뻣하지만, 식당을 찾아 터미널을 나섰다.

성우   지금 검색해봤는데, 피자집 있고 지금 영업 중이래요.

재홍   오호~ 피자집이야?

성우   예. 미스터 피자. 우리가 아는 그 미스터 피자는 아니겠죠?
               근처가 맞나? 도보로 8분이에요.

재홍   그래, 거기로 가자!
               엘 칼라파테에 비해서 뭔가 공기가 좀 차가워지지 않았어?

성우   네. 서늘한데요?
               여기는 진짜 한적하다. 아침이라 그런가?

재홍   여기는 뭔가 그런 느낌 들지 않아? 진짜 현지.

성우   리얼 동네.
               이렇게 갔는데 안 열려 있는 거 아니겠죠?

재홍   그 근처로 가면 되지, 뭐.

갑자기 모르는 동네에 뚝 떨어진 것 같다. 그저 지나갈 경유지라 정보 하나 없이 왔기는 해도 명색이 버스터미널인데 주변이 이렇게 한적할 수가. 스산하게 부는 바람에 삭막한 느낌마저 든다. 24시간 국밥집을 사무치게 그리워하며 모바일 지도를 따라 피자집에 도착했다. 그리고 과학적으로 증명되지 않았지만 우리네 삶에서 높은 확률을 뽑내는 섭리 '슬픈 예감은 틀리지 않는다'에 걸려들었다. 분명 '영업 중'이라고 나오던 피자집 문이 굳게 닫혀 있다. 여기까지 왔으니 포기할 수 없다. 다른 식당이라도 찾아야 한다! 걷던 방향으로 몇 걸음 더 걷자 바로 빵집이 나타났다. 열린 문으로 빵 냄새가 폴폴 풍긴다. 좋았어! 우선 언제든 다시 올 수 있는 빵집을 찾았다. 더 든든하게 먹을 수 있는 식당을 찾아보고 없으면 다시 돌아오는 거다.

개들이 사납게 짖는다. 엘 칼라파테 개들은 순했는데, 여기 친구들
은 기운이 매섭다. 더 걸어봤지만, 골목 풍경은 점점 좀비 영화의
한 장면이라고 해도 될 듯 사람 하나 없이 고요하다. 아침 한 끼로
무슨 부귀영화와 만수무강을 누리겠다고 이렇게까지 하나 싶어 다
시 빵집으로 돌아갔다. 'Que Rico Pan진짜 맛있는 빵'. 빵집 이름조차
맛있는 빵인데, 딴눈을 판 게 잘못이다. 구수한 냄새를 따라 들어갔
다. 동네의 작은 빵집이 그렇듯 빵의 종류는 적지만 진열대에 정갈
하게 놓여 있다. 콜라 두 병, 올리브 한 알이 올려진 피자빵 두 개를
고르고, 남아메리카식 만두인 엠파나다를 네 개 주문했다.

직원	Carne, pollo, jamon y queso 고기, 닭, 햄·치즈 맛이 있어.
재홍	Carne?
직원	Carne? OK.

Carne가 무슨 뜻이었더라— 생각한다는 게 그만 입으로 뱉어버렸고, 우리 뜻을 오해한 직원은 숙련된 손길로 고기 엠파나다를 봉투에 담았다. 얼떨결에 고기 엠파나다와 피자빵을 건네받고 계산을 마쳤다. 포장만 되는 빵집이라 안에는 먹을 공간이 없어 근처 공원을 찾았다. 작은 호수에 하얀 오리가 떠다닌다. 철봉과 시소 근처 색색깔 콘크리트 탁자에 자리를 잡았다. 이 정도 풍경에 이 정도 식탁이면 여유 있게 조식을 즐기기 더할 나위 없을 것 같았는데… 그랬는데… 바람이 불어도 너무 많이 분다.

봉투를 열어 피자빵부터 꺼냈다. 이미 식어버린 빵 위엔 올리브마저 구석으로 밀려나 있다. 처량하게 보이는 건 그저 기분 탓일 거라 다독이며 한 입 베어 물었다. 빵 봉투가 날아갔다. 재빨리 주위와 콜라병으로 봉투를 고정했다. 빵은 맛있다. 이 와중에 다행일 정도로 맛있다. 콜라를 마시고 다시 빵을 먹는 순간, 이번엔 콜라 뚜껑이 날아갔다. 숙소에서 평화롭게 먹던 조식인데… 오늘따라 요란하다. 뚜껑을 주워 다시 빵을 오물거렸다. 그리고 콜라 병 하나가 떨어졌다. 줍는 사이에 또 다른 콜라 병 하나가 바람에 쓰러졌다. 하, 이런 난리 통이 없다.

재홍	우리 피자 먹고 엠파나다는 터미널 가서 먹을까?
	엠파나다는 사람들 사이에서 먹으면 더 맛있으니까.
성우	하하하. 네.

세상 끝으로 가는 길2

버스 전광판에 USHUAIA를 거듭 확인하고 트렁크에 배낭을 맡겼다. 국경을 넘나드는 길이라 그런지 수하물 태그를 꼼꼼하게 붙여준다. 출입문에서 칠레 입국 신고서를 받아 버스에 들어왔다. 이번에도 이층 버스지만, 아까와는 달리 1층 맨 뒷좌석이다.

재홍	성우야~
성우	이게 뭐예요?
재홍	선크림. 여기 햇볕이 너무 세서.
성우	오! 좋아요!

피부를 아껴주고 앞으로 오래 함께할 버스를 둘러봤다. 아르헨티나는 땅이 넓어서 장거리 버스가 발달했다더니, 새벽에 정신없이 자기만 하느라 못 봤던 버스 내부가 이제야 눈에 띈다. 화장실에, 작은 스낵바도 보인다. 게다가 승무원까지 있다. 좌석은 넓은 데다 종아리 받침대도 있고, 심지어 뒤로 확 넘어간다. 리클라이너 소파 저리 가라다. 이렇게라면 또 잠들 수도 있을 것 같은데? 의자가 침대만큼이나 푹신하지만, 우수아이아까진 아직 10시간 반이나 남았다. 아르헨티나와 칠레로 나뉜 티에라델푸에고 섬. 그 남쪽에 있는 우수아이아에 가기 위해선 국경을 두 번 지나야 한다. 이제부터 복잡한 여정이 펼쳐질 것이다. 앞으로 한 시간 정도 더 달리면 칠레 국경에 닿을 거라는데.. 궁금한 나라 칠레를 이렇게 스쳐 가야만 한다는 게 조금 아쉽지만, 입국신고서라도 쓰면서 마음을 달래본다.

10:30, 국경을 넘어 칠레와 아르헨티나 국기가 나란히 걸린 칠레 검문소에 도착했다. 모든 승객이 내려서 입국 신고를 하는 동안 차량과 그 안에 있는 짐까지 검문을 거쳐야 통과 가능하단다. 칠레는 외부 농수산물 반입을 철저하게 관리하기 때문에 제복 입은 직원들 외에 탐지견까지 있었다. 잘못한 것도 없는데 괜히 긴장되는 심사를 마치고 칠레 입국 도장이 찍힌 여권을 받아 들었다. 같은 버스에 탄 다른 여행자들도 하나둘씩 입국 신고를 끝내고 버스에 올랐다. 승무원이 모든 승객이 탄 걸 확인하고 나서야 버스가 출발했다.

새벽부터 길을 나서서인지 버스의 흔들림에 자꾸 잠에 빠졌다. 까무룩 잠이 들었다 깨면 결말 없는 영화를 틀어놓은 듯 여전히 창밖으로 풍경이 흘러간다. 길고 긴 길을 부지런히 지나고 남아메리카 대륙 끝에 다다르자 바다가 나타났다.

우리 앞에 나타난 바다는 우수아이아로 가기 위해 건너야 하는 관문, 마젤란해협이다. 남아메리카 대륙의 남부와 티에라델푸에고 섬 사이, 태평양과 대서양을 잇는다. 1520년 포르투갈 출신의 탐험가이자 항해가인 페르디난드 마젤란이 처음으로 이 해협을 건너 태평양으로 항해한 것에서 이름 지어졌다. 그로부터 500년이 지난 지금은 '세상의 끝'으로 향하는 여행자들이 이 마젤란해협을 건넌다. 폭이 좁아 바람과 파도가 거세지만 운이 좋을 때면 배에 다가와 노는 돌고래를 볼 수 있다고 한다. 그 행운을 우리도 만나길 바라며 버스에서 내렸다.

재홍　와… 버스를 따로 싣고 배에서 내려 다시 타는구나.

성우　어마어마하지 않아요?

재홍　배가 엄청나게 크네.

우선은 버스에서 내린 승객들부터, 뒤이어 해협을 건너려는 각종 차량과 우리가 타고 온 버스까지 배에 오르며 뭍을 떠날 준비를 마쳤다. 혹시나 돌고래를 볼 수 있지 않을까 싶어 갑판에 나갔다. 듣던 대로 바닷바람이 차고 매섭다. 이리저리 나부끼는 머리칼에 이마가 따가울 정도다. 잠시 선실로 후퇴했다.

재홍　감기 걸린 거 아냐?

성우　모르겠어요. 자꾸 머리가 당겨요. 열은 안 나는데.
　　　두통인지, 아니면 잠을 잘못 자서 그런 건지…

재홍　두쪽 다?

성우　네, 그래서 만지면 아파요.

재홍　내가 마사지로 좀 풀어줄게. 감기 기운 있는 건 아니고? 몸살은?
　　　으슬으슬하다거나, 그런 건 없어?

성우　그런 건 괜찮은 거 같아요.

재홍　잠을 잘못 잤나 보다. 열은 안 나는 거 보니까.

성우　그런 거 같아요.

재홍　두통약이랑 진통제 있으니까 안 되겠다 싶으면 얘기해.

갑자기 밖이 소란스러워졌다. 돌고래가 나타난 거다. 두통이고 마
사지고 잠시 젖혀두고 갑판으로 뛰쳐나갔다. 한데 돌고래를 못 찾
겠다. 다른 여행자들은 손가락으로 가리키며 신났는데, 우리만 못
보는 건가?

성우 어! 저기 있다! 저기 검은 거 떠다니죠?
　　　다시 들어갔어요, 지금.

재홍 어? 그거 오리야.

성우 아…

옆 여행자 Dolphin!

성우 어디, 어디, 어디!!!
　　　어! 돌핀! 돌핀이다! 약 올리네~ 나왔다 들어갔다.

재홍 나는 왜 안 보이지?

성우 이제 다 돌고래처럼 보여.
　　　까만 게 나왔다 싶으면 다 돌핀 같아.
　　　저기 있다! 저기 뒤쪽에. 형, 보이죠?

재홍 어! 어!!!!!

성우 지금 들어갔다 나왔다 해요. 좀 많이 나와주지.

잠깐 얼굴을 비친 돌고래는 금세 사라졌다. 아쉬운 마음도 모르고
배는 해협을 건너 티에라델푸에고 섬에 닿았다.

BIENVENIDOS A LA ISLA TIERRA DEL FUEGO
티에라델푸에고 섬에 오신 것을 환영합니다

배에서 내리자 환영의 말이 적힌 표지판이 우릴 맞았다. 국경을 건너 바다까지 넘고 나니 미지의 세계, 세상의 끝으로 가는 기분이 물씬 난다. 우리가 타고 온 버스는 이미 앞에서 기다리고 있다. 이제 다시 우수아이아를 향해 달리는 거다.

세상 끝으로 가는 길3

15:30, 칠레 국경 검문소에 도착했다. 익숙하게 내려 여권에 출국 도장을 찍고 다시 버스를 탔다. 오늘만 몇 번을 내렸다 타는 건지. 버스를 타고 바다도 넘고 국경도 건너는 게 흥미롭긴 한데 여간 귀찮은 게 아니다.

칠레로 간 지 5시간 만에 다시 아르헨티나에 돌아왔다. 아르헨티나 국경 검문소에서 입국 도장을 찍고 버스에 올랐다. 이제 남은 거리는 294킬로미터. 티에라델푸에고 섬에도 들어왔고, 국경을 넘을 필요도 없으니 우수아이아까지 멈추지 않고 달리는 거다.

재홍　푸훗! 하늘이 연락 왔어.

마젤란해협은 건너는 배 위에서 찍은 우리 사진을 보냈더니, 마음만은 같이 있고 싶었던지 하늘에 얼굴을 합성해서 보내주었다. 부에노스아이레스에서 마지막 하루를 잘 보냈는지, 곧 한국행 비행기를 탈 텐데… 보고 싶다.

17:40, 새벽부터 길을 나선 지 15시간 지났다. 승무원이 작은 샌드
위치와 달콤한 과자를 나눠줬다. 생각해보니 아침밥 먹은 지도 꽤
지났다. 오랜만에 입에 들어온 단맛을 음미하며 창밖을 바라봤다.
못된 생각이라곤 할 수 없는 잔잔한 풍경에 절로 미소가 나온다. 세
상의 끝으로 가는 길은 왠지 황량할 거라고 생각했는데, 저 멀리까
지 따뜻하다. 낮게 깔린 구름 중에 혹시 돌고래를 닮은 구름이 있나
찾아봤지만, 수확이 없다. 여느 때 같으면 휴대폰으로 영화나 드라
마라도 볼 텐데, 인터넷 연결이 안 되는 허허벌판에서 이 휴대폰은
시각을 알려주는 사진기일 뿐이다. 귀도 긁고, 물 마시고, 멍 때리
고, 하품하고, 지난 여행 사진을 다 돌려봐도 시계를 보면 10분 지
났을 뿐이다.

꼼짝없이 앉아만 있었더니 온몸이 물먹은 솜처럼 무거워졌다. 버스 천장은 물론 복도까지, 뻗을 수 있을 만큼 몸을 쭉쭉 늘려본다. 가만히 있어도 쓱쓱 스쳐 가는 풍경은 이제 익숙해졌다. 이렇게 오랫동안 아무것도 하지 않았던 게 얼마 만인지 모르겠다. 그저 보이는 만큼 바라보고, 기억하고 싶은 만큼만 돌아본다. 목적지가 정해진 길 위에서 고민할 것도, 애쓸 것도 없는 시간이 천천히 흘러가고 어느덧 해가 기울었다.

20:48, 이미 도착 예정 시간을 훌쩍 넘겼다. 피곤하다. 언제쯤 도착할지 알 수 없어서 더 지친다. 순간, 양쪽으로 도시 입구가 보이더니 버스가 오른쪽으로 커브를 돌자 바다가 나타났다. 멀리 산비탈을 따라 항구까지 내려온 집도 보인다. 우수아이아이다! 긴 시간 동안 참 멀리도 왔다. 지친 우리를 달래주려는지 석양이 얼굴에 쏟아진다. 바닐라처럼 달콤하게 빛나는 구름이 눈부시다.

재홍　아… 좋네.

성우　특이한 여기만의 느낌이 있다.

재홍　뭔가 뭉클하다.

성우　끝에 왔네, 세상의 끝.
　　　하늘이 형도 같이 왔으면 좋았을 텐데…

재홍　그러게, 여기 오니까 더 생각난다.

21:00, 석양과 바다를 따라 달리던 버스가 멈추고 엘 칼라파테에서 출발한 지 18시간 만에 우수아이아의 바닷바람을 만났다. 그간 무슨 전우애 같은 게 일었는지 우리는 서로 얼싸안았다. 그리고는 끌리듯 길을 건너 바다 가까이 섰다. 노을을 준비하는 하늘과 파도 섞인 바람 소리에 잠시 집중했다. 남쪽 세상의 끝, 한 번도 본 적 없는 낯선 마을이 여기까지 오느라 고생했다며 포근하게 감싸주었다.

우리의 마지막 여행지, 우수아이아에 도착했다.
셋이 함께 걸었던 시간이 고작 하루 지났는데,
벌써 오래된 일처럼 아득하다.

같이 오면 좋았을 걸~ 하면서도
지금까지도 충분히 즐거웠다고 마음을 다독여본다.

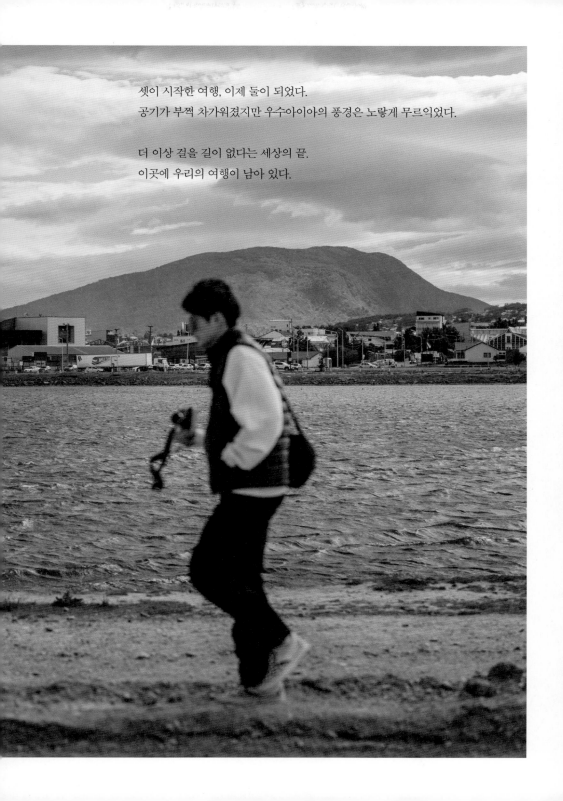

셋이 시작한 여행, 이제 둘이 되었다.
공기가 부쩍 차가워졌지만 우수아이아의 풍경은 노랗게 무르익었다.

더 이상 걸을 길이 없다는 세상의 끝.
이곳에 우리의 여행이 남아 있다.

USHUAIA

핀 델 문도Fin del Mundo, 세상의 끝이라 불리는 곳. 티에라델푸에고 남쪽에 위치한 아르헨티나의 최남단 항구도시. 1년 내내 새하얀 눈으로 빛나는 안데스산맥에 둘러싸인 작은 도시지만, 남극을 오가는 관문이자 해상 교통의 요충지로 큰 역할을 하고 있다. 비탈진 길목을 채운 알록달록한 집들과, 항구를 오가는 거대한 배, 세계의 끝에 다다른 이들의 온화한 얼굴이 이곳만의 오묘한 분위기를 만들어낸다.

우수아이아의 남쪽으로는 태평양과 대서양을 잇는 수로, 비글해협이 있다. 이 잔잔하고 풍요로운 해협은 바다사자, 가마우지, 펭귄을 비롯한 많은 동물의 안식처가 되어주고 있다. 또 해협의 가운데 자리 잡은 붉은 등대는 세상의 끝을 상징하는 존재로 많은 이들의 발길을 불러 모으고 있다.

Photo by 옹성우

우수아이아 킹크랩 맛집

청아한 햇살이 반겨주는 아침, 우수아이아 거리로 나섰다. 어제는
닫혀 있던 상점들이 환한 조명 아래 저마다의 개성을 뽐내며 손님
들을 맞이한다. 아기자기한 거리를 바쁘게 살펴보는데 길가의 유리
창 너머 어젠 못 봤던 귀여운 녀석들이 눈에 띈다.

재홍   여긴 온통 펭귄이네! 진짜.

성우   네. 펭귄이 정말 마스코트인가 봐요.

재홍   우와. 우리 내일이면 볼 수 있는 거야?

성우   펭귄 볼 수 있었으면 좋겠다.

인형, 티셔츠, 장신구, 조각품, 거리의 벽화까지! 그림체는 다르지만
온 세상이 펭귄이다. 경사진 골목을 통과해 항구 쪽으로 다가가자
우수아이아의 시티 버스가 보인다. 스포이트로 하늘의 색을 쏙 빼
담아, 버스를 물들인 것 같다. 항구에 정박한 커다란 크루즈와 요트
들은 이국적인 풍경에 방점을 찍는다. 이런 풍경 안에서 카메라 셔
터를 가만 놀릴 수가 있나? 특별한 장소가 아니어도 특별하게 느껴
지는 거리에서 서로를 모델 삼아 사진을 찍는다.

Photo by 홍성우

오늘의 첫 식사는 이곳에서 아주 유명한 킹크랩 맛집에서 먹기로 했다. 킹크랩은 우수아이아에서 절대 놓치면 안 되는 음식으로 소문이 자자하다. 여행 중 만났던 현지인들도 강력 추천한 바 있다. 식당까지 걸어오는 길에도 킹크랩 전문 식당들을 여러 번 마주쳤는데, 그 인기에는 이유가 있다고 한다. 우수아이아의 킹크랩은 이곳에서 가까운 남극의 청정하고 깊은 바다에서 자란 것으로 크기는 작지만, 더 싱싱한 맛을 자랑한다. 가격도 세계적으로 저렴한 편이라니 그냥 지나칠 수가 있나. 게다가 눈앞에서 꺼내 직접 요리해 준다니 그 맛이 더욱 기대된다.

식당에 들어서자마자 맛집의 기운이 물씬 풍겨온다. 안쪽으로 들어가 테이블에 자리를 잡고 앉았다. 이곳엔 유독 배와 관련된 사진들이 눈에 많이 띈다. 배 위에서 붉은 킹크랩과 함께 웃고 있는 선장님 사진부터, 배가 인쇄된 테이블 매트까지. 꼭 배 갑판 위에 올라 식사하는 느낌이다.

여기의 킹크랩을 제대로 느끼려면 어떤 메뉴를 골라야 좋을까… 유심히 메뉴판 독서를 시작했다.

재홍 크으. 장난 아닐 거 같다, 여기.

성우 킹크랩. 지금 다른 분들이 먹는 것만 봐도 기가 막힌다.

재홍 배고프지?

성우 네. 너무 배고파요.

재홍 킹크랩 1마리. 2인분. 4만 원.

성우 오!

재홍 진짜 싸다.

성우 한국에서는 얼마 정도 하죠?

재홍 나 얼마 전에 속초에서 친구랑 둘이 대게 먹었는데,
15만 원 정도였거든. 그런데 4만 원. 엄청나네.
이건 킹크랩 한 마리고, 이건 이제 스페셜 킹크랩 다시.
킹크랩 요리인 거 같은데.

성우 아, 킹크랩 파스타가 맛있다고 했던 거 같아요.

재홍 맛있을 거 같아.

성우 그러면 킹크랩으로 이용한 음식들로 주문해볼까요?

재홍 　그럴까? 아우, 침이 왜 이렇게 나오냐?
　　　킹크랩 살이랑 화이트소스랑 파마산 치즈 녹여서 만든 거.

성우 　누들 앤 킹크랩 앤 믹스.

재홍 　이거 맛있을 거 같아. 그러면 일단 그렇게 하나씩 시킬까?
　　　아니면 수프 하나 시킬까? 킹크랩 수프?

성우 　어! 수프 좋아요.

우리는 고민 끝에 킹크랩찜과 더불어 이곳을 대표하는 특별한 음
식들을 맛보기로 했다. 킹크랩 파스타와 파르메산치즈 킹크랩, 그
리고 킹크랩 수프다. 주문을 마치고 다른 사람들은 뭘 시켰을까 구
경해본다. 때마침 뒤쪽 테이블에 킹크랩찜이 나왔다. 식탁 위를 대
범하게 차지하는 존재감이 어마무시하다. 저 찜만큼 우리 메뉴도
맛있겠지?
식전 빵으로 입가심을 하는데, 킹크랩 수프가 먼저 나왔다. 수저로
푹 떠서 한 입 넣자 시원하고 뜨끈한 게, 제대로다.

성우 해장인데요?

재홍 진짜. 너무 시원하고 맛있는데.
아르헨티나에서 한식 말고 국물 요리는 처음 먹는 거 같지 않아?

성우 네. 제대로인데요, 이거?

재홍 응. 와 킹크랩 살이 너무 맛있는데?

성우 바다다! 헤헤

재홍 이 맛은! 바다다. 약간 먹으니까 더 배고파지는 맛이야.

성우 진짜 배에 타서 먹어보고 싶다.

올리브 오일을 더해 국물의 풍미를 끌어올린다. 살만 그러모아 먹어 보기도 하고, 맑은 국물에 내 몸을 맡겨 보기도 한다. 그릇을 비워갈 때쯤 메인 요리가 등장했다.

성우 이거 찍어서 하늘이 형 보내줘야겠다.

함께 Enjoy~

재홍 와아~ 성우야.

성우 형님 먼저 드시… 아! 드시려고 그랬구나. 하하하

재홍 ?

성우 아, 하하하 나는 나 주시려는 건 줄 알고, 갑자기. 하하하하.

재홍 아니 나 먹는다고, 하하하.

성우   기가 막혀요?

재홍   응. 엄청나다~ 진짜 여기.

성우   너무 맛있는데요.

재홍   아침이니까 간단하게 이렇게 먹고 저녁이나 내일
      킹크랩 먹을까?

그 누구에게라도 양보할 수 없을 기막힌 맛이다. 탱글 탱글 숟가락 위에서 춤을 추는 킹크랩 살은 씹는 맛도 일품. 너그럽게 살을 내어주는 킹크랩… 마지막 수저까지 살이 가득하다. 우수아이아에 있는 동안 매 끼니를 킹크랩으로 먹어도 질리지 않을 수준이다. 소스 한 방울이라도 남기면 사치가 될 것 같아 빵으로 그릇을 싹싹 닦아 먹었다. 진짜 맛있는 음식을 먹었을 때나 나오는 설거지 기술이다. 산뜻한 화이트 와인 한 모금을 끝으로 배부른 식사가 끝났다.

우수아이아 여행 필수 코스

세상의 끝이라는 우수아이아. 오늘은 이 다채로운 도시를 천천히 둘러보며 느긋하게 즐겨볼 생각이다. 그래도 여행자의 필수 코스는 그냥 지나치면 안 되겠지? 식당 밖으로 나와 제일 먼저 항구 쪽으로 향했다.

성우　여긴가?

재홍　저기 앞인 거 같아.

성우　'End of The World' 사인.

첫 번째 필수 코스 '세상의 끝 푯말 앞에서 사진 찍기'. 요란하지 않게 꾸며진 우수아이아의 전경 그림과 그 아래 쓰인 'USHUAIA fin del mundo'. 여기가 세상의 끝임을 알리는 소박한 푯말이 어여쁘다. 아르헨티나의 북쪽부터 2주간 달려와 만난 이곳. 마침내 이곳에 왔다는 걸 기념하기 위해 사진을 남겼다.

다음으로 향한 곳은 항구 바로 앞에 있는 우수아이아의 관광 안내소. 그곳에 두 번째 필수 코스가 기다리고 있다. '여권에 세상의 끝 기념 도장 찍기'. 심지어 도장에 새겨진 그림은 펭귄이라니… 이렇게 소소한 재미를 놓칠 순 없지!

재홍　나는 여권 마지막 장에 찍을래.

성우　끝이니까?

재홍　응. 난 이 여권이 내 보물이거든, 마지막 장에 찍을래.
　　　이 여권이랑 많은 곳을 다녔어.

성우　저도 여권에 찍을래요.

432

USHUAIA
fin del mundo

Los Pobladores de Ushuaia les
damos la bienvenida

안내소의 직원에게 도장을 찍고 싶은 곳을 가리키자, 펭귄 도장 아래 오늘 날짜까지 찍어준다. 우리의 여권 마지막 페이지에 남긴 '세상의 끝' 표식. 괜스레 뿌듯함이 밀려온다.

이제 남은 건 세 번째 우수아이아 필수 코스! '우수아이아 사인과 사진 찍기'다. 항구의 서쪽 끝자락에 큼지막하게 자리한 'Ushuaia' 간판은 SNS 인증샷 스폿으로도 아주 유명한 곳. 곧 다가올 크리스마스 때문인지 간판이 빨간 산타 모자를 쓰고 있다. 다른 계절에는 없었을 특별한 장신구에, 우리의 여행도 특별하게 느껴져 기분이 좋다.

필수 코스 3종을 끝내고 다시 마을로 향하는 길, 라틴음악이 이끄는 곳에 도착하니 산 텔모 시장을 축소해 놓은 것 같은 플리마켓이 등장했다. 알록달록한 상점들에 구매 욕구를 상승시키는 기념품들이 즐비하다. 여행 막바지가 가까워져 오니 물욕이란 게 폭발한 건가. 자그마한 가게 안에서 물건을 직접 만드는 모습까지 보니, 안 사면 후회할 것 같은 조급한 마음이 생겨난다.

성우   다 만들고 계세요, 지금. 그 무엇 하나가 다
          핸드메이드가 아닌 게 없어요.

재홍   와, 너무 귀엽다.

성우   하늘이 형 여기 왔으면 진짜 좋아했겠다. 왕창 샀을 것 같은데.
          나도 사고 싶은 게 몇 개 있어요.

Photo by 옹심우

마켓의 처음부터 끝까지 돌아보며 엽서, 시계, 인형, 가방 등 많은 종류의 물건들을 둘러봤다. 또 만나게 된 와인 거치대 앞에선 테스트용 와인을 꽂아 보기도 했다. 서투른 실력에 답답했는지 주인이 직접 사용법을 전수해준다. 한 번 더 배웠으니 이젠 한국에 가도 와인 거치대에 와인을 잘 꽂아 둘 수 있겠지? 고민 끝에 원석이 들어간 수공예 목걸이를 구입하고, 털이 보송보송한 펭귄과 바다표범 인형을 샀다. 눈에 밟히는 소품들을 힘겹게 뒤로 하고 플리마켓을 떠났다.

그 뒤로도 우리의 우수아이아 여행은 계속되었다. 마을을 한눈에 내려다볼 수 있는 언덕까지 올라가 색감이 예쁜 집을 만났다. 비탈진 골목 너머 바다가 보이는 길도 걸었다. 그렇게 아름다운 풍경을 마주하면 미간에 잔뜩 힘을 주며 사진 열정을 불태웠다. 비록 포커스가 나간 사진이라도 충분히 좋았다.

저녁에는 경비행기를 타고 우수아이아의 하늘을 날았다. 사람들이 복작거리는 땅에서 멀어지고 경비행기의 프로펠러 소리만 남게 되었을 때. 까마득한 마을을 물끄러미 바라보자, 만감이 교차했다. 안데스산맥을 따라 바람이 주행하는 나무 계곡과 초록빛 호수를 돌고 내려온 땅 위에서 방명록에 우리의 마음을 남겼다.

재홍   이렇게 우수아이아 마을이 딱 한눈에 보일 때.
         처음 딱 올라갔을 때가 너무 예쁘더라고.

성우   산 아래 초록색 호수가 있었어요.
         빙하 녹은 색깔이랑 전혀 다른 초록색 호수. 너무너무 예뻤어요.

재홍   방명록! 한번 쭉 훑어보자.

성우   다들 즐거웠다고 하네요.
         '우수아이아를 한눈에 내려다 볼 수 있어서 좋았습니다.'

재홍   이렇게 방명록 남기니까 좋다. 근데 한글이 없네. 우리가 한글을
         남길까?

성우   좋은데요. 우리가 이 방명록 첫 한글이 될 수도 있어.

재홍   그러게. 우리가 남겨야겠다. 성우가 먼저 할래?

성우   형님 먼저 하세요.

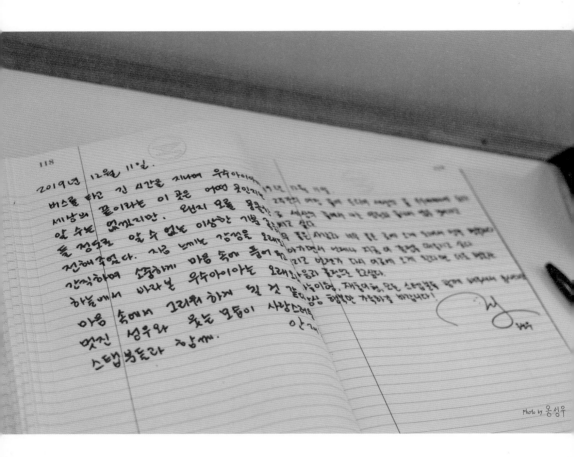

Photo by 옹성우

재홍의 방명록

2019년 12월 11일.

버스를 타고 긴 시간을 지나며 우수아이아에 왔다.

세상의 끝이라는 이곳은 어떤 곳인지는 아직 알 수는 없겠지만,

왠지 모를 뭉클한 감정이 들 정도로 알 수 없는 이상한 기분 좋음을 전해주었다.

지금 느끼는 감정을 오래도록 간직하며 소중하게 마음속에 품어두고 싶다.

하늘에서 바라본 우수아이아는 오래오래 마음속에서 그리워하게 될 것 같다.

멋진 성우와 웃는 모습이 사랑스러운 스태프들과 함께.

우수아이아에서 안재홍.

보고 있나, 강하늘?

성우의 방명록

2019년 12월 11일.

약 2주간의 여정 끝에 드디어 세상의 끝 우수아이아에 왔다.

이곳 세상의 끝에서 나는 영원히 끝나지 않을 것이라고 외치고 싶다.

너무 좋은 사람과 너무 좋은 곳에 오게 되어서 정말 행복하다.

살아가면서 언제나 지금 이 감정을 떠올리고 싶다.

그리고 언젠가 다시 이곳에 오게 된다면 더욱 행복한 마음과 표정으로 오고 싶다.

하늘이 형, 재홍이 형, 모든 스태프들 함께 해주셔서 감사드려요.

항상 행복만 가득하길 바랍니다!

나 홀로 부에노스아이레스

하늘

앞서 잡혀 있었던 일정 때문에 먼저 한국으로 돌아가게 됐다. 끝까지 함께 할 수 없어 아쉬운 마음은 엘 칼라파테에 남겨두고, 나 홀로 부에노스아이레스로 향한다. 한국으로 떠나는 비행기의 출발 시각은 내일 오후 6시, 덕분에 부에노스아이레스를 다시 한번 여행할 수 있는 여유가 생겼다.

부에노스아이레스에 도착하자 날씨부터 확 다르다. 겨울에서 다시 늦봄으로 돌아온 거다. 거리의 사람들은 반팔 반바지 차림인데, 나만 긴 점퍼 차림. 몇 개월의 시간을 빨리 감기 해 넘어온 것 같은 날씨에 마지막 여정이 실감 난다.

그리고 하룻밤이 흘러, 기어이 여행의 마지막 날이 밝았다. 재홍이 형과 성우가 없는 부에노스아이레스의 아침. 부스스한 게 형편없을 테지만 카메라에 내 모습을 남겨본다. 아르헨티나에 도착한 첫날 마음먹은 대로 한 번도 면도하지 않았다. 단정함은 찾아보기 어렵게 됐지만, 덥수룩한 수염이 이번 여행의 작은 기념품처럼 느껴져 만족스럽다. 그럼 마지막 여행이 기다리고 있는 오늘 날씨부터 확인해볼까? …이야, 너무 좋다!

지난번 못다 이룬 부에노스아이레스 여행을 완성해줄 오늘 하루! 아르헨티나를 떠나기 전, 마지막으로 꼭 가보고 싶은 곳은 바로 레콜레타 묘지다. 특히 재홍이 형이 꼭 가고 싶어 했던 장소인데… 지난번엔 일정이 맞지 않아 가지 못했다. 내가 직접 다녀온 뒤, 재홍이 형과 성우에게도 소감을 전해줘야지.

여행의 마지막 날을 알차게 보내기 위해 밖으로 나섰다. 숙소에서 레콜레타 묘지까지는 걸어서 30분 정도. 부에노스아이레스 시내도 구경할 겸 도보로 이동하기로 했다.

대로변으로 나서자 오벨리스코가 우뚝 나타났다. 여행 첫날부터 무수히 지나친 곳이라 친밀감이 남다르다. 그런데 오늘따라 도시 곳곳이 떠들썩하다. 말을 타고 행군하는 군인들부터 북을 치며 노래하는 사람들까지. 마침 오늘은 새로운 아르헨티나 대통령의 취임식이 있는 날이라고 한다. 흥이 잔뜩 오른 사람들 덕분에 거리 분위기는 축제 그 자체. 여행하면서 쉽게 마주치기 어려운 장면인데… 마무리까지 운이 좋다.

코너를 돌아 골목으로 들어섰다. 그리고 한눈에 알아본 이 길! 우리가 여행 첫날부터 3박 4일간 묵었던 숙소에 가는 길이다. 늘 셋이 다녔던 길을 혼자 걸으니 두 사람 생각이 물씬 나는걸? 옆에 함께 있다고 상상하며 어깨동무 마임을 시전했다. 성우와 재홍이 형은 새로운 곳에서 새로운 추억을 계속 만들어가고, 나는 첫 도시에서 추억을 더듬어 가고! 뭔가 딱 맞아떨어지는 구성 아닌가?

숙소 앞에서 문을 못 열어 낑낑댔던 기억부터 차례대로 떠올리는데 기분이 이상하다. 이 숙소에 있었던 게 굉장히 옛날 일처럼 느껴진다. 아마도 그사이 아르헨티나의 찬란한 대자연을 많이 만나고 온 까닭이겠지? 이과수폭포도, 페리토 모레노 빙하도, 피츠로이도!

다시 거리를 걸어 초록색 자태를 뽐내는 어느 한적한 공원에 들어섰다. 그런데 이 나라는 자연 풍경도 그란데 사이즈더니, 개 산책도 그란데 사이즈! 뭔가 무리 지어 오는 소리에 뒤를 돌아보니 무려 아홉 마리 개 떼를 데리고 산책 중인 남자가 나타났다. 심지어 나만한 크기의 개도 있다. 신기하고도 재미있는 광경에 웃음이 터져 나온다.
계속해서 산책로를 따라 큼지막한 나무들이 가득한 공원의 끝으로 향했다. 알고 보니 여긴 성우가 혼자 여행 할 때 왔던 곳이라고 한다. 열심히 팔을 휘저으며 재연했던 태극권. 여기였구나? 잠깐 상상해보자. 팔을 뻗고 원을 그리며 기를 모으는 성우의 모습이⋯ 보인다 보여! 흐흐.

도시의 풍경을 눈에 담으며 부지런히 걸은 끝에 레콜레타 공동묘
지에 도착했다. 우아한 조각품들의 미로 같은 생김새. 덕분에 세계
에서 가장 아름답다고 꼽히는 묘지 중 하나로, 부에노스아이레스의
화려한 도심에 위치해 있다. 수백만 명이 넘게 묻힌 공동묘지에는
전직 대통령, 노벨상 수상자 등 아르헨티나의 저명한 인사들이 잠
들어 있는데, 가장 유명한 곳은 전 영부인 에비타의 무덤이다.

묘지마다 번호가 있어 지도를 보고 묘지를 찾아갈 수가 있다. 일단
레콜레타에 왔다면 에비타의 묘지를 가봐야겠지? 미로 같은 이곳
을 헤매는데 유독 사람들이 많이 몰려 있는 곳이 있다. 아마도 저기
가 내가 찾는 그곳인 것 같다.

예상대로 발길이 다다른 곳엔 에바 페론, 에비타의 묘지가 있었다.
이 나라가 사랑한 영부인, 에비타. 영화배우에서 영부인까지 거친
그녀의 극적인 삶은 영화와 뮤지컬로도 만들어지며 더욱 유명해
졌다.
여행 첫날부터 우리를 반겨줬던 벽화 속 그녀. 에비타는 자신의 묘
지 앞을 장식한 시들지 않는 꽃처럼, 아직도 그녀를 사랑하고 추억
하는 많은 이들의 가슴 속에 살아 있다. 아주 오랫동안 그리움의 대
상으로 기억된다는 건 어떤 느낌일까?

"여기는 기분이 좀 그래요. 얼마나 큰 사연들이 모여서 하나, 하
나, 하나, 하나 이렇게 되었을까. 얼마나 깊고 얼마나 웅장한 사연
들이기에."

수백만 인생이 잠든 무덤 사이를 걸으며
그 안에 담겨 있을 사연들을 생각한다.
한 사람의 인생이 죽음으로 정리되듯이,
여행 역시 일상으로 돌아가는 것으로써 비로소 완성된다.
이곳에서 보냈던 나의 시간은 어떻게 기억될까?

내가 여행을 하는 이유는 단순하다. 살아가고 있는 현실에서 조금 더 행복감을 느끼기 위해서 여행을 떠난다. 어느 나라를 가도 좋은 건 마찬가지지만, 그 좋음이 영원히 지속되지는 않는다. 새로운 여행지가 주는 설렘도 어쩔 수 없이 익숙함으로 바뀌기에. 그런데 한국에서의 내 일상도, 처음 도착한 누군가에게는 대단한 풍경일 수 있지 않을까? 단 며칠일지라도 나의 익숙했던 풍경을 새롭게 느끼도록 만들어주는 여행의 힘.

이렇게 나의 여행은 끝이 났다.
이제 조금은 낯설어졌을 나의 일상으로 돌아갈 시간이다.

잠깐만, 그나저나 재홍이 형이랑 성우는
세상의 끝에서 뭐 하려나?

펭귄, 지금 만나러 갑니다

끝내 찾아오고야 만 여행의 마지막 날. 우수아이아의 마스코트인
펭귄을 만나기 위해 아침 일찍 숙소를 나왔다. 몸도 마음도 상쾌한
우리와 다르게 아침부터 비가 추적추적 내린다.

재홍   ¡ Vamos amigos. Last day in Argentina!
        잘 때 안 추웠어?

성우   안 추웠어요. 형, 추웠어요?

재홍   조금 더웠어. 완전히 기절했어.

성우   비 와서 펭귄 없는 거 아니에요?

재홍   있을 거야.

성우   나 같아도 비 오면 나오기 싫을 거 같은데.
        아… 펭귄 진짜 보고 싶다.

450

상상만 해도 행복해지는 귀여운 펭귄들을 꼭 만나고 싶은데, 흐린 날씨 때문에 못 보는 건 아닐까 걱정이다. 우수아이아의 동쪽에 있는 펭귄 섬으로 가기 위해선 보트를 타야 하고, 그 거점인 '하버튼 농장'까지는 차로 가야 한다. 가이드에게 노란색 목걸이를 받고 버스에 올랐다. 좌석 덮개에 그려진 펭귄이 오늘 우릴 볼 수 있을 거로 생각하냐는 듯 눈을 가늘게 뜨고 있다. 풍경이 푸르게 바뀌어 가는 동안 비가 잦아들고 버스가 깃발 나무 전망대에 멈췄다. 처음 듣는 나무 이름에 뭔가 했더니, 가지가 깃발처럼 휘어버린 나무가 있었다. 거 이름 한번 잘 지었다. 바람이 얼마나 세고 거칠었던 건지… 한쪽 방향으로 몸을 꺾은 나무는 누가 억지로 구부려 놓은 것 같다. 우리도 나무처럼 허리를 꺾고 바람에 몸을 맡겼다. 차갑지만 상쾌하다.

재홍	저 나무 봐봐. 바람 따라서 자랐어.
성우	진짜 그렇다. 여기 다 그러네요.
재홍	난 저 나무가 너무 멋있는데? 내가 사진 찍어줄게. 하나둘 셋!
성우	형도 찍어드릴게요! 하나둘 셋. 하나둘 셋. 나왔다!
재홍	오~ 잘 찍었다. 좋은데?

다시 농장을 향해 가는 동안 가이드가 펭귄 섬에서 지켜야 할 주의사항을 일러주었다.

- 펭귄 근처에서 천천히, 그리고 조용히 행동할 것
- 섬의 모든 것은 펭귄 동지의 재료이므로 자그만 무엇이라도 가져오지 말 것

그리고는 노란색 탑승권을 가진 그룹 20명이 먼저 섬에 들어가고 한 그룹당 1시간씩 머물 거라고 전했다. 버스 앞에서 나눠준 노란 목걸이의 정체는 탑승권이었다. 보호구역인 펭귄 섬을 보호하기 위해 한 번에 들어갈 수 있는 인

원도, 시간도 제한하고 있다니⋯ 자연을 위해 잊지 말고 지켜야 할 것들이 많다. 가이드의 주의사항을 듣다 보니 어느새 서로 똑 닮은 건물들이 옹기종기 모여 있는 하버튼 농장이 나타났다. 여기서 작은 보트를 타고 펭귄 섬이라 불리는 '마르티쇼 섬'까지 가는 거다. 걱정했던 아침보다 어느 정도 구름이 걷혀서인지 햇볕이 따뜻하다.

작은 보트에 타자마자 예사롭지 않은 사람들이 보인다. 대포같이 커다란 렌즈에 위장막까지 감싸졌다. 카메라 장비 수준을 보니, 이거 펭귄 보러 온 여행자라기엔 기개가 남다르다. 엄청난 카메라 부대에 정신이 팔린 사이 보트가 출발했다.

성우 바위에 부딪히고 있는 것 같아요.
재홍 보드 타는 거 같지 않아?

보트가 작아서인지 낮은 파도에도 요란하게 오르내린다. 보트 움직임을 따라 엉덩이도 정신이 없지만, 그저 펭귄을 볼 수 있었으면 하는 마음뿐이다. 15분쯤 달렸을까? 마르티쇼 섬에 가까이 다가갔다.

성우 오오!! 오!!!!!
재홍 와!! 와!!
성우 펭귄이야! 와.. 나 펭귄 처음 봐.
재홍 동상 같은 거 아니지? 와⋯ 움직여⋯ 하하! 와!!
성우 너무 귀여워. 어떡해?

천국의 섬, 마르티쇼

신대륙을 발견했을 때 이런 느낌이었을지도 모르겠다. 세상 처음 보는 광경이다. 보고 있는데 믿기질 않는다. 말 그대로 섬에 펭귄만 모여 있다. 보트에서 조심스럽게 발을 내렸다. 맑은 자갈이 부딪히는 소리마저 신비롭다. 가이드가 우리 모두에게 몸을 낮춰서 천천히 행동하라고 한 번 더 주의를 줬다. 펭귄이 놀라지 않도록 먼발치에서 바라봤다.

성우 펭귄을 실제로 본 적 없는 것 같아요.

재홍 나도 펭귄 본 적 없어. 한 번도.

성우 이렇게 가까이서 보게 될 줄 몰랐는데,
      이렇게 귀여운 줄도 몰랐어요.
      너무 귀여워. 왜 이렇게 귀엽지? 어떻게 이렇게 귀여울 수 있는
      거지?

한눈에 봐도 몇 마리인지 셀 수 없다. 혹시나 못 볼까 걱정했던 게 무색할 정도다. 입을 다물 수가 없다. 그저 귀엽다는 말밖에 나오질 않는다. 이 생명체를 표현할 다른 단어를 도저히 못 찾겠다. 어안이 벙벙한 가운데 갑자기 사람들이 낮은 포복 자세로 엎드린다. 아무리 낮은 자세로 다니랬다고 이렇게 기어야 하나 싶은 순간, 엎드린 사람들이 대포 같은 카메라로 펭귄을 찍는다. '철컥, 철컥, 철컥!!!' 셔터 소리가 묵직하다. 이거 너무 전문적인데? 우리도 질세라 작고 소중한 장비 휴대폰을 꺼내 처음 만난 귀여운 친구들의 단체 사진을 남겼다.

Photo by 옹성우

해안에서 우릴 맞아준 친구들은 마젤란 펭귄이란다. 여기 마르티쇼 섬에 4,000쌍이나 있다는 이 펭귄은 머리부터 발끝까지 까만 몸에 하얀 배, 그리고 얼굴과 배 주위를 둥글게 지나는 흰 띠 두 줄이 특징이다. 마젤란 펭귄은 따뜻한 북쪽에 있다가 9월이 되면 산란을 위해 바로 이 섬으로 내려와 보통 2개의 알을 낳게 된다. 부부는 약 40일간 서로 한 알씩 품고 12월이 되면 아기 펭귄이 태어나 동반 육아를 시작한다. 한 펭귄이 먹이 사냥을 나가면 남은 펭귄이 새끼를 지키고, 이렇게 역할을 번갈아 가며 자식을 기른다고 한다.

가이드와 함께 해안에서 젠투 펭귄 서식지로 자리를 옮겼다. 부리와 발이 주홍빛인 젠투 펭귄은 지구에 있는 18종의 펭귄 중에 세 번째로 큰 펭귄이다. 덩치가 크지만, 물속에선 제일 빠른 데다 먹이를 구하기 위해서 하루에 최대 450번까지 잠수한다고 한다. 눈 끝에서 대각선으로 올라가는 하얀 무늬 때문에 왠지 무서워 보이지만, 역시 펭귄은 펭귄이다. 바람을 등지기 위해 하나같이 같은 방향을 바라보는데 그 귀여운 모습에 정신을 못 차리겠다.

젠투 펭귄들 사이 고개를 획 꺾어서 어깨에 말아놓고 잠에 빠진 펭귄이 있으니 킹펭귄이란다. 마젤란 펭귄과 젠투 펭귄, 그리고 킹펭귄까지. 이렇게 마르티쇼 섬에는 3종류의 펭귄이 사는데 서로 싸우지 않고 사이좋게 지낸다고 한다. 마음마저 귀여운 녀석들이다. 이들의 질서를 깨뜨리면 안 된다는 생각에 조심조심 걸어 섬의 동쪽 초원으로 이동했다.

재홍 '펭귄 섬'이라는 말 자체가 신비의 섬 같잖아. 펭귄들이 사는 섬.
　　　혹시나 놀라게 할까 봐 조심스럽게 되네.
　　　보고도 믿기지 않아.

성우 너무 신비로워요.
　　　저 펭귄 똥 싸는 거 찍었어요.

재홍 똥도 귀여울 것 같아.

성우 봐요. 얘가 이렇게 와서 딱 보더니, 쫙-

재홍 엉덩이를 털고 가네? 시원해 보이는데?

성우 너무 귀여워서 보고 있는데 걸어오더니 엉덩이를 쭉-
　　　내밀더라고요.
　　　그래서 줌을 딱 당겼죠. 펭귄 똥 싸는 거 언제 보겠어요.

재홍 하하하.

성우 아 너무 귀엽다, 진짜.

재홍 왠지 바다사자도 볼 수 있을 것 같지 않아?

성우 개네는 어디에 있을까요?

재홍 개네는… 어!

이렇게 신비로운 섬이라면 어디서 바다 동물이 튀어나와도 이상하지 않을 것 같더니만 조그만 동굴 속에서 고개만 빼꼼 내민 마젤란 펭귄이 나타났다. 여기가 그들의 서식지란다. 해변에 대충 돌을 쌓아 둥지를 만든 젠투펭귄과 달리 마젤란 펭귄은 초원에 동굴을 아늑하게 만들어두었다. 여기저기 파놓은 둥지 때문에 땅이 울퉁불퉁한데도 개의치 않고 폴짝 뛰어넘어 뒤뚱뒤뚱 걸어간다. 정말이지, 펭귄은 귀엽기 위해 태어난 존재 같다.

가이드 Did you see the baby penguin?

성우 Baby?

가이드가 우리를 데려다준 곳엔 어른 펭귄이 있었다. 그리고 펭귄의 날개가 걷히는 순간, 보송한 솜털로 덮인 새끼 펭귄이 보였다. 아… 심장을 아주 두드려 패는구나. 이렇게 새끼 펭귄은 부모의 보살핌 아래 먹이를 구할 수 있도록 성장하면서 물과 추위로부터 몸을 보호할 수 있는 기름을 만들어낸다. 그렇게 성체가 되면 보송했던 솜털이 물에 젖지 않는 깃털이 되어 스스로 수영과 사냥이 가능하다고 한다. 이 섬을 떠나 다시 따뜻한 북쪽으로 올라갈 때쯤 너도 의젓하게 커서 물고기를 잡을 수 있겠지?

털 뭉치 같은 새끼 펭귄에게서 차마 한 발짝도 뗄 수 없이 홀딱 빠져있던 순간, 갑자기 펭귄이 온몸으로 소리쳤다. 알고 보니 일부일처가 드문 동물의 세계에서 펭귄은 하나의 짝을 만나고, 그 짝의 목소리를 구별할 수 있다고 한다. 하늘을 향해 부리를 치켜세우고 소리치는 '스카이 포인팅'은 먹이를 구하러 나간 짝에게 보내는 신호라는데… 재밌는 건, 한 마리가 시작하면 옆에 있는 녀석들까지 함께한다는 것! 좀 전에 한 녀석이 시작한 바람에 벌써 펭귄 울음소리가 섬에 가득 찼다.

재홍 우수아이아에 마스코트가 왜 펭귄인지 알겠어. 엄청 강렬하네.
우리가 지금까지 봤던 과나코라든지, 돌고래라든지.
그 지역의 상징적인 동물들이 미안하지만 다 잊혀질 정도로
펭귄 짱. 펭귄 최고!

성우 본인들이 귀여운 행동을 일부러 하는 건 아닐 텐데…
이게 진짜 원초적인 귀여움인 것 같아서 마음이 맑아지고
깨끗해지는 느낌이에요.

재홍 미안한데, 지금은 하늘이 생각 별로 안 난다. 펭귄이 너무 좋아서.

성우 하하하.

재홍 아… 떠나기 싫다. 천국 같다.

그저 걸어 다니며 귀여워했을 뿐인데, 섬에 머물 수 있는 한 시간이
금세 지났다. 환상의 섬에서 잠시 꿈을 꾼 듯 펭귄 얼굴이 벌써 아
득하다. 아르헨티나에 와서 이과수폭포에, 빙하에, 피츠로이까지.
더 놀랄 일은 없을 거라고 생각했는데 이 나라는 늘 예상과 기대를
뛰어넘는다. 아쉽지만 천국 같던 펭귄 섬을 뒤로하고 농장으로 돌아
왔다. 그곳엔 아르헨티나 여행의 마지막 여정이 기다리고 있었다.

세상의 끝을 향해서

들뜬 마음을 애써 차분하게 달래며 배에 올랐다. 곧 목적지를 향해 배가 천천히 출발했다. 가마우지와 바다사자가 사는 섬을 지나 2주 동안 함께했던 여행을 마무리할 아르헨티나 남쪽 세상의 끝, 떠나기 전부터 꼭 가고 싶었던 그 등대를 향해 가는 거다. 우리는 그 앞에서 어떤 표정을 짓고 있을까?

성우 날씨가 완전 달라요. 이쪽은 맑고, 이쪽은 완전히 흐리고.

재홍 응, 그렇네!

성우 왼쪽은 화창! 오른쪽은,

재홍 우중충~

어두침침한 구름과 시리도록 파란 하늘의 오묘한 경계를 달리다 보니 하늘이 점점 맑아졌다. 아무도 없던 갑판에 하나둘씩 여행자들이 보인다. 우리도 바람 쐴 겸 뱃머리로 나갔다. 보이는 건 바다고, 들리는 건 바람이다. 단순하고 명쾌하다. 노래가 절로 나온다.

I can show you the world.
A whole new world~

새로운 세계를 그리며, 차가운 바닷바람을 맞으며, 배는 앞으로 달려 작은 섬에 닿았다. 엔진소리가 잠잠해지자 추위에 웅크렸던 여행자들도 나오기 시작했다.

바다사자가 섬 여기저기 흩어져 있다. 세상의 끝이고 뭐고 내 알 바 아니라는 듯 심드렁하지만 귀여움이란 게 그렇게 쉽게 숨겨지는가. 사소한 발걸음마다 깜찍함이 날아와 심장에 박힌다. 다음으로 들른 섬엔 바다사자와 함께 비글해협을 지키는 또 다른 친구, 황제 가마우지가 가득하다. 멀리서 보면 펭귄으로 착각할 만한 이 새는 갈매기와 펭귄의 중간 형태로 찰스 다윈 진화론의 중요한 근거라고 한다. 하얀 셔츠에 까만 재킷을 입은 듯, 턱시도 파티가 한창인 풍경에 모두 카메라를 내릴 줄 모른다. 우리도 좀 더 오래 보고 싶었지만 아쉽게도 배가 움직이기 시작했다.

Photo by 옹성우

성우 잠이 확 깨네요.

재홍 너 눈 밑이 파래. 무슨 잠이 확 깨~

앙증맞은 바다 친구들과 만나 떠들썩했던 시간을 뒤로하고 바람을
피해 선실로 들어왔다. 이제 이 배의 목적지는 세상의 끝, 등대다.

세상의 끝에서 하늘을 외치다

재홍

드디어 저 멀리 등대가 보이기 시작했다. 영화 〈해피투게더〉에 등장해 더 유명해진, 슬픔을 묻고 떠난다는 곳. 바로 세상의 끝자락에 선 등대다. 극 중 장첸은 실연에 힘들어하는 양조위의 메시지를 녹음기에 담아 이 등대에 온다. 아픈 기억을 대신 버려주기 위해 친구가 남긴 녹음을 틀었을 땐, 울음 같은 소리뿐 어떤 말도 듣지 못했다. 그때 '세상의 끝'이라는 단어가 가슴에 꽂혔다. 언젠가 등대 앞에 설 내 모습을 가끔 그려봤지만 어떤 마음일지 알 수 없었다.

조금이라도 가까이 보기 위해 갑판에 나왔다. 붉은 점처럼 작았던 등대가 점점 제 모습을 갖춘다. 뱃머리가 등대를 향해 나아갈수록 우리의 여행이 천천히 스친다. 봄볕을 머금은 보라색 꽃잎이 이마에 내려앉던 첫날부터, 만년설을 지나온 바람이 귓바퀴를 붉히는 지금까지. 2주가 흘러 있었다.

서서히 속도를 늦춘 배가 섬에 다다르고 드디어 등대 앞에 섰다. 기억은 다시 10여 년 전, 영화 속 등대로 돌아갔다. 어쩌면 그저 콘크리트 기둥일 뿐인 이 등대가 가진 상징이 마음에 훅 들어왔다. 슬픔을 버리는 끝. 그동안 얼마나 많은 사람의 이야기가 이곳에 쌓였다가 파도에 밀려났을까?

등대 앞에 선 내 모습을 멀리 떨어져 바라봤다. 치열하게, 때론 느슨하게. 한쪽으로 치우치지 않으려 균형을 지키며 살아왔다. 가끔 아팠지만 최선을 다했으니 그것조차 추억이 되었다. 꼭 버려야 할 슬픔은 없었다. 그저 지난 시간이 차곡차곡 쌓여 있는 나란 사람이 있었다.

오래 기억하고 싶다. 소중히 여기고 싶다. 시시해지지 않았으면 한다. 상상만 해왔던 세상의 끝, 이 끝이 이토록 마음에 들이치는 건 여기 오기까지 지나온 시간이 애틋하기 때문일 거다. 지금 이 마음도 등대에 쌓였다 쓸려간 이야기 중 하나가 되겠지. 목구멍이 뜨끈해졌다.

성우

지키는 사람 하나 보이지 않는 등대가 작은 섬 위에 덩그러니 서
있다. 가슴이 꽉 쥔다. 오래된 영화 속 그 장면을 눈앞에 마주해서?
아니다. 그렇다면 슬픔이 차올라서? 그것도 아니다. 이상하리만치
마음이 먹먹한 이유를 알 수 없었다.

문득 생각했다. 지나는 새와 바다가 전부인 이 끝에서도 등대는 묵
묵히 제 할 일을 할 것이다. 아무도 찾지 않는 밤이 와도 성실하게,
진심으로.

아… 등대가 보여준 풍경은 내가 찾고 싶던 마음과 듣고 싶은 위로
였다. 끝나지 않는다고, 그런 마음이면 된다고. 가끔 내 안을 어지
럽히던 물결이 차분하게 잦아들었다. 이 순간, 이 마음을 기억하려
흘러가는 시간의 프레임을 한 장씩 가져와 카메라에 담았다.

이제 언제든 꺼내 볼 수 있는 나만의 등대가 생겼다.

하늘이 형이 보고 싶어졌다. 같이 오지 못한 형을 위해 휴대폰 녹화 버튼을 눌렀다. 등대를 배경으로 화면에 하늘이 형 자리를 남겨두고 인사를 건넸다. 그리고 재홍이 형이 말했다.

"같이 온 거야, 같이."

편지를 한 통 남기곤 오래도록 등대를 바라보았다. 세상에 끝을 본다는 건 바라오던 일이었고 그 끝에 온다는 건 이 여행이 끝난다는 뜻이었다. 궁금하기도, 미뤄두고도 싶던 끝은 무뚝뚝했지만 결국 다정했다. 시간은 흘러 우리를 태운 배가 섬 주위를 한 바퀴 돌더니 홀로 선 등대를 남겨두고 이내 점점 멀어졌다.

그렇게 우린 마음속 무언가를 덜어내고
그 자리에 어떤 것을 채웠다.
아쉽고, 후련하고, 기대하고, 그립고…
여기저기 흐트러진 감정을 차곡차곡 정리하며
씩~ 웃었다.

멀리서 돌아본 세상엔 끝이 없었고
다시 떠나는 길이 환하게 반짝였다.

Photo by 홍성우

아르헨티나, 마지막 밤

항구 근처 '우수아이아'가 큼지막하게 쓰인 간판을 다시 찾았다. 그
리고 지금, 이 순간 가장 생각나는 이름을 찾아 영상통화 버튼을 눌
렀다.

재홍   ¡Hola!

성우   ¡Hola!

하늘   ¡Hola!

성우   어! 엘 칼라파테에서 산 옷 입고 있네요!

재홍   어, 그렇네! 연극 연습실이야?

하늘   네, 연습실이에요!

성우   형, 한국은 지금 몇 시예요?

하늘   아침 11시.

재홍　여기 우수아이아야! 오늘 펭귄 보고 왔어!

하늘　펭귄이 잘 따라요?

재홍　졸졸 따라오지~

성우　펭귄이 숙소까지 따라온다는 거 겨우겨우 말렸어요.

하늘　하하하하하.

성우　등대에서 형한테 영상 편지 남겼어요.

하늘　나는 영상 편지 세 번 남겼거든.

재홍　우리 오늘 마지막 밤이야.

하늘　끝까지 함께 못 있어서 미안해.

재홍　보고 싶어.

성우　형, 보고 싶어요.

재홍　서울에서 보자!

성우　형, 연극 보러 갈게요!

하늘　알았어, 꼭!

재홍　금방 봐.

하늘　조심해서 와요~

재홍　아, 영상으로 보니까 더 보고 싶다.

성우　순간 셋이 같이 있는 느낌이었어요.

재홍　지구 반대편에서.

지구 반대편 세상의 끝에서 우리의 아르헨티나 여행이 끝났다.

outro **여행의 끝**

거대한 땅, 거대한 이야기를 만났다. 아르헨티나의 북쪽에서 남쪽으로 바뀌는 계절을 음미하고 혀에 닿는 맛에 감탄했다. 아찔한 탱고와 이과수폭포 샤워, 부서지는 빙하와 불타는 고구마를 그리던 캠핑, 때 하나 없는 펭귄 섬, 그리고 세상의 끝까지. 한눈에 담지 못할 대자연과 늘 새로운 이야기가 펼쳐지는 아르헨티나를 온몸으로 누볐다. 순간순간 빛났던 우리는 평생 잊기 힘들 시간을 여행했다.

함께 밥 먹고 잠자리에 들었다.
폭포를 맞고 초원에 눕고 하늘을 날았다.
같은 걸 보고, 비슷한 감상을 주고받다 보니 어느새 웃음이 닮았다.

나보다 우리가 먼저였기에 무거운 짐을 나누는 게 당연했다.
서로 배려해서 더 따뜻하고 풍족했던 시간 동안
혼자보다 함께하는 즐거움이 가득했다.

우리는 우리다

-옹성우-

우리는 탱고다.
스텝이 엉키면 그 순간
탱고가 시작된다.

— 안재홍

무거운 배낭을 멘 채 숙소 열쇠를 찾아 헤매도,
계획에도 없던 스카이다이빙을 하며 코피를 흘릴 때도.
매끄럽지 않은 날것의 재미가 좋았다.

비가 오면 모자를 쓰고, 찬바람이 불면 옷깃을 여몄다.
애써 준비하지 않아도 기꺼이 찾아오는 내일을 즐길 마음 하나면
하루하루가 충분했다.

우리는 아르헨티나에
잠깐 들른 '바람'이다.
- 강하늘♥

바람이 밀어주는 자전거를 타고
호수를 따라 달리던 오후가 있었다.
나뭇잎 파도치는 소리에 텐트가 둥실 뜰 것 같던 밤이 있었다.
이제 언제든 눈을 감으면 파타고니아의 바람 소리가 들릴 것 같다.

게으른 구름과 순한 노을, 바람에 천천히 흔들리는 미루나무…
시간이 지나면 꿈같겠지?

이제 그 이야기를 마친다.
언젠가, 어디론가 바람이 우리를 데려다주길 바라며.

기획	조승욱
책임 프로듀서	김형중
종합편집	이건녕
DI	조진배
믹싱	손창훈
더빙	유병욱 GAM SOUND
음악	조요셉
효과	매드벅스 김현영
카메라	(주)글래디에이터 김기태 김영진 오병찬 김도형 김웅래 최인식 안효섭 이갑천
항공촬영	(주)글래디에이터 오병찬
동시녹음	CB SOUND 이승희
단렌즈 협찬	(주)삼양테크
외부편집	허니 팩토리
사진	정정호
현지코디	남미사랑투어 한인민박 Gran tío 린다비스타아파트호텔
스틸 카메라 협찬	라이카 카메라 코리아
브랜드실	김혜진
디자인	박용 이수정 장정안 이정훈 안혜림
CG	이지혜 백지영 양경란
캘리그라피	프로파간다 최지웅
제작지원	권완근 김태형
홍보팀	정지원 노지수
마케팅	한정은 김리나 박다은
TMM	이종민 정범민 권수영 우병희
BM팀	박수지 장현
OST 제작	이아름 이철원 김사무엘 심효식
웹기획	이성미 이호진 임아름
웹운영	강예은 조유정
웹 디자인	강미경
온라인 서비스	서비스운영팀 인코딩실
진행	김병준 안지현 박소미 임한나
내레이션 가이드	위선임
작가	김멋지 김여원
외부연출	김슬기
연출	최창수 김재원 김선형 김은지 고혁준 박수지 양민정

1판 1쇄 발행 2020년 6월 17일
1판 3쇄 발행 2020년 6월 24일

지은이 JTBC 트래블러 제작진
펴낸이 정은선

출판기획 이화진
마케팅 왕인정, 박성회
디자인 ALL contentsgroup
캘리그라피 최지웅 (프로파간다)

펴낸곳 ㈜오렌지디 출판등록 제2020-000013호
주소 서울특별시 강남구 테헤란로 325 어반벤치빌딩 4층
전화 02-6196-0380 | **팩스** 02-6499-0323
홈페이지 www.oranged.co.kr

ISBN 979-11-970256-0-0 (03810)